公元787年，唐封疆大吏马总集诸子精华，编著成《意林》一书6卷，流传至今

意林：始于公元787年，距今1200余年

意林®

新武侠

出门即江湖，

归来仍少年

意林

新武侠

一两江湖之红线引

一两 作品

吉林摄影出版社
·长春·

图书在版编目（CIP）数据

一两江湖之红线引 / 一两著. -- 长春 : 吉林摄影出版社，2018.6
（意林新武侠）
ISBN 978-7-5498-3631-4

Ⅰ. ①一… Ⅱ. ①一… Ⅲ. ①长篇小说－中国－当代 Ⅳ. ①I247.5

中国版本图书馆CIP数据核字(2018)第117441号

红线引
HONG XIAN YIN

项目出品 意林新武侠
出 版 人 孙洪军
主　　编 顾　平　杜普洲
责任编辑 施　岚　孙　瑜
总 策 划 蔡　燕
丛书统筹 黄　磊
策划编辑 黄　磊
特约编辑 车克家
设计总监 资　源
封面设计 徐　丹
美术编辑 孔凡雷
开　　本 880mm×1230mm 1/32
字　　数 200 千字
印　　张 7.5
版　　次 2018 年 6 月第 1 版
印　　次 2018 年 6 月第 1 次印刷

出　　版 吉林摄影出版社
发　　行 吉林摄影出版社
地　　址 长春市泰来街 1825 号
　　　　 邮　编　130062
电　　话 总编办　0431-86012616
　　　　 发行科　0431-86012602
网　　址 www.jlsycbs.net
经　　销 全国各地新华书店
印　　刷 北京嘉业印刷厂

书　　号 ISBN 978-7-5498-3631-4　　　定　价：29.80 元

序

十年后，那个更好的自己

一

2007，2017。

十年。

在这十年里，你做了些什么呢？

我猜，你上了一些课，考了一些试，认识了一些有趣的人，去过一些好玩的地方，吃过一些好吃的东西，听过一些好听的情话……2007你还小，2017你已经长大；2007你还年轻，2017你已经变得成熟。

十年啊，这么快，又这么长。

我在2007的时候，在网络上传了我的最新系列——一两江湖。当时只当是编辑分派的额外任务，一面懒洋洋上传，一面嘀咕明明只有埋头码字才是正事。

那时候的我，完全没有想到十年后还有很多人因为这个故事陪在我身边，在我每一次打滚求抱求安慰的时候，都在。

从不离开。从不拒绝。

日复一日，年复一年，花开花落，花落花开，一直到了2017。

2017的春天里，黄磊告诉我，他要重做“一两江湖”系列。

对，他说的是“要”。帅爆了是不是？

于是，“一两江湖”系列重做了，你看到了这本书。

二

用自己的名字来命名这套书，大概是我做过的最任性又最正确的事情。

“一两江湖”系列这名字超赞的是不是？（说“是”。快。）

就像我已经想不起来“一两”这个名字的来历一样，我也不记得当时为什么要取这个系列名了……做设定的时候，就是想写一个没有刀光剑影，专职谈恋爱的江湖。

小时候看古龙的武侠小说，江湖恩怨全当浮云，最动心处莫过于男女主角谈情说爱，最闷心者莫过于男主角和好几个女主角谈情说爱，合上书常常感到意犹未尽——这大概就是我会拿起笔的原因。

“一两江湖”系列是我为自己织的梦。

梦里有我最爱的人物，最爱的风景，最爱的食物，最爱的情怀……所有我喜欢的，一股脑儿全塞进来，满满胀胀，满心欢喜。好爱它。

每个人心底都有这样的梦吧？

如果问我2007年以前最正确的人生决定，毫无疑问是写了

“一两江湖”系列。

那么2017年的实体书出版显然是最幸运的人生礼物。满足地笑。

三

鲁迅先生说，写出来是为了忘却。

是的，在文末画上的最后一个句号，就是和书中人物说的一声“再见”。

现在，真的再见面了。哈哈。

《红线引》《绿离披》《菩萨蛮》《锦衣行》《染花身》《风荷曲》《发如雪》《琵琶误》《望星记》，包括一直想写而未写的《玉萝姬》……“一两江湖”的故人们，没想到，我们还有再见面的一天。

原版因为有字数限制，有些情节来不及展开，或者是以我当时的水平没有能力将其展开，在新版里都相应进行调整，补充原有的枝干，使其焕然一新，有了独特的光彩。你读它，无论是旧友还是新知，都会获得不一样的感受。

改稿是多么痛苦的事啊，可以排进人生苦恼的前三名！可是这一次，我拿起笔，不是和痛苦相遇，而是和过去的故事相遇，和过去的人物相遇，并最终，和过去的自己相遇。

隔着光阴的屏障，我在这端，她在那端。

相视，微笑。

有时候好想抽打她，“太烂了怎么能写成这样”，有时候又想抱住她，“呜呜呜，写得好好，你怎么做到的”……

时刻精神分裂，甚是销魂。

四

十年来我所干的事情，总结起来，就像是从花朵中提取香氛，制成香水。我搜罗所有能捕捉到的一切，柔和的风，清凉的雨，盛开的花，初升的月，牵手时彼此掌心的温度，相视时眼底的温柔……从里面汲取出一丝丝美好，提炼成文字，变成故事。

爱与生命的重量，这个主题我想我会永远写下去。

当你合上书，会想抱一抱身边的人，或者，找一个人好好抱抱，还或者，只是单纯觉得风很柔和天气很好——谢谢你，这就是我想要的全部了。

五

拿起这本书的你，是十年前的老朋友，还是十年后的新朋友？

如果你当年恰好读过，而今天又刚好拿起，那么，来抱一个吧！为十年前的相遇，也为此时此刻的重逢。

如果这是我们第一次相遇，那么，感谢你选择这本书，希望书中的爱与感动不会让你失望，能陪伴你度过一段悠闲的时光。

让我们从这里开始，一起走下去好吗？

走过下一个，更好的十年。

一起预约十年后，那个更好的自己。

十年后依然十八岁的一两

目录
CONTENTS

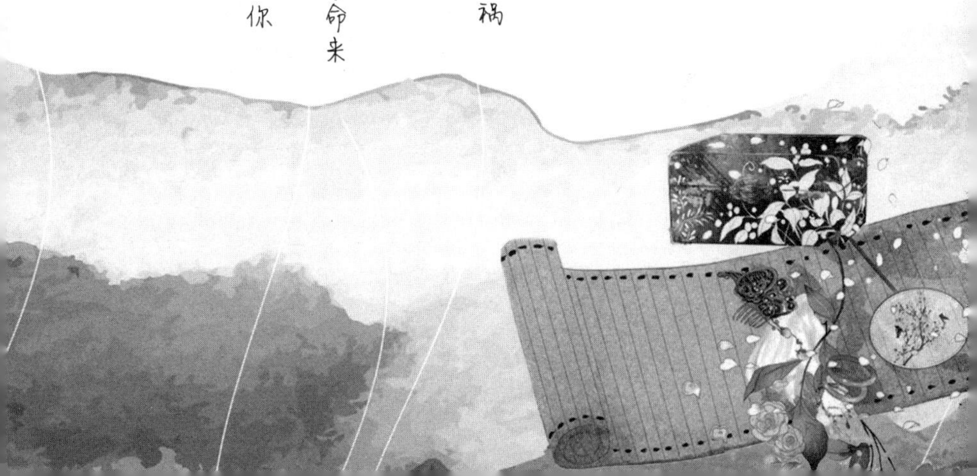

目录
CONTENTS

楔子

月下老人·世上红娘

你可知天底下最受欢迎的神仙是谁?

财神?

呃，是不错啦，就是浑身上下的铜臭味多了点儿。

南极仙翁?

听说那家伙管寿数……也许老人们喜欢他更多一点儿。

玉皇大帝?

喂，你这人说话有没有创意?不能看人家是老大就说他最受欢迎吧?一看就知道是刚出衙门的书吏，马屁功一流，又狠又准。

王母娘娘?

哈哈哈……好家伙，你一定怕老婆吧?

那到底是谁呢?

咦，这帮人真是笨哦，没看上面的标题吗?月老啦!

当然是月老。一丝红线，牵引姻缘。天下间，无论男女，都希望自己有段好姻缘。不是有人说吗？好姻缘是女人的第二次投胎，是男人的第二份事业，是无数闺中少女的美丽梦想，是不尽英豪心中最柔软的芳草地……有一份这么美好、美丽、美妙的职业，月老当然是最受欢迎神仙的不二人选啦！

不过他老人家高高在上，只在人间留下几座月老祠而已，真正努力为天下男女姻缘付出努力、汗水甚至青春岁月的，乃是他的弟子——红娘。

岂不闻，月下老人，世上红娘？

媒婆？什么媒婆？是红娘！再说媒婆的抓来打死！罚他打一世光棍！

哼哼哼！竟敢亵渎神圣的月老弟子，她沈锁锁第一个不放过他！

第一章

相思筑主人

H O N G X I A N Y I N

春末夏初，突如其来一场大雨。清早起床还晴朗的天气，转眼间变得阴沉。沈锁锁虽然喜欢听着雨声入睡，此时却沉下了脸。

今天是月老过寿，上香的人一定多得不得了。上罢香，许完愿，十有八九要到她的相思筑买条红线。既然来买线，少不得聊聊自家的姻缘，这一聊，她的生意可不就上门了吗？

可是，老天不开眼，倾盆大雨一下，那些夫人、小姐、老爷、少爷们，哪里会冒雨出门？

沈锁锁仰天长叹，摇摇头，回身在月老像前上了三炷香，道：“师父啊，莫非你在天上犯了什么事得罪了玉帝？不然一连晴了大半月，偏偏这个时候下雨！我说你一把年纪，凡事也要有个分寸，谁都可以得罪，千万莫要得罪老大……”

她垂眉敛目地喃喃祷告，身边一个丫鬟听了，忍不住笑出声来。

“程姑娘不要笑话我，我跟我师父一向如此。”沈锁锁回首看她，说得一本正经。

相思筑的丫鬟，可不是真正的丫鬟。多半是借着丫鬟的身份，在相思筑里优先寻觅合意郎君。因此沈锁锁从来不用花钱雇丫鬟，那些待嫁的女儿，只要不是大家闺秀不愿丢了身份，多半都想揽这个美差。且不过是顶个名目，相思筑里就沈锁锁一个人，还有一个洗衣煮饭的老妇，样样伺候得周全。不少姑娘到相思筑里端半个月的茶，回来就已经觅得一个合心满意的夫家。因此，要当沈姑娘的丫鬟，还得花上几两银子！

程佳瑶正是昨天才来的，看着沈锁锁这样参拜月老，便问道："你这样说话，他听得到吗？"

"当然。"沈锁锁再自然不过地点点头，"不然何以我这里的红线这样灵验？"

不错。方圆百里，谁不知道安郡有个月老祠，谁不知道祠边有座相思筑，谁不知道筑里红线灵得叫人目瞪口呆？

话说三年前苏家的一个丫鬟从这里买了一条红线，居然嫁给了京城里的一位王爷！这一线惊动人心，相思筑名气大振。在此之前，相思筑在人们心中只不过是间卖香烛、红线、荷包的杂货铺罢了。

"听说以前这里的主人是个带孩子的妇人，是不是真的？"程佳瑶问，随后又忍不住加上一句，"听说，还很漂亮。"

"嗯。那是我四婶。"沈锁锁答道，"就是因为太漂亮了，生意反而不好做。"说到这里她笑了笑，"像我这样的就比较好了。"

程佳瑶暗暗地点点头。可不是，太漂亮的老板，要嫁人的女孩子往她身边一站，立马给比了下去。而像沈锁锁这样的中人之姿，完全不会夺了别人的光彩……嗯，如果再丑一点儿……说不定生意还会好一点儿……

心里虽然这样想，程佳瑶当然没有表现出来，浅笑道："沈姑娘已是清秀佳人，莫要太谦虚。”

“真的吗？”沈锁锁笑得眼睛都眯起来了，“瑶妹妹的教养真是好。你付了半个月的银子，又赶上月老过寿的好日子，偏偏却下起了雨，我都快把早饭怄出来了，你还有心情跟我说笑。”

程佳瑶的脸色忍不住暗了一暗，瞧瞧外面“哗啦啦”的大雨下得昏天暗地，隐隐还有滚滚雷声传来，这样的天气，连一个人影也没有。

沈锁锁再次发出一声叹息，把程佳瑶留在外间看铺子，自己去做手工。

相思筑里卖各式各样的荷包、香袋、扇坠、手帕，且都成双成对，无论男女，都买一送一——当然，价格是双倍的。

绣架上绷着一幅丝缎，上面正绣着鸳鸯戏水图。这是安郡首富朱大小姐订的帐罩。相思筑也接这样的订货，只是价钱比外头的绣庄要贵上许多。可朱大小姐就是在相思筑里看上了自己的夫婿，沈锁锁开了五十两银子的绣价，她也二话不说地应了。要不是手上的活计已经太多，她真想把朱家嫁女用的一应妆奁统统接了来。

缎上才绣了几朵水莲，鸳鸯尚未开始绣。沈锁锁拈起针，深紫色的花瓣还没绣上半片，正在看书的程佳瑶忽然发出一声惊呼，沈锁锁连忙出来，看到她两眼圆睁，脸色苍白，一副被吓惨的模样，循着她的视线望过去，原来不知何时门口竟趴了一个人！

那人手抓着门框，身下一片血迹，门外烟雨迷蒙，隐隐看见一缕血红被混进雨水里。

沈锁锁吓了一跳：“这人是怎么来的？”

“我……我……”程小姐吓得半天说不出话来，好半晌才道，“我……我正看书，好像听见有动静，那……那人就趴在了那里……后面好像还跟着几个穿黑衣服的人……”

“黑衣人？”比起久在深闺不染世事的程佳瑶，沈锁锁到底要老练一些，脸色马上变了，“这年头穿黑衣服的都不是好人啊！尤其是这种天气还出来晃的黑衣人！”

“是啊是啊……”程佳瑶紧紧抓住沈锁锁的衣袖，紧张得指节发白，“他们……他们好像还拿着刀……”

“天哪……”沈锁锁以手抚额，“这可怎么办？这人应该是好人，可是救了他，没准我也要遭殃！”她踌躇半天，问，“那些黑衣人走了没？”

“应该……走了……”程佳瑶的声音颤抖。

“应该？”沈锁锁将程佳瑶紧紧攥住她袖子的手掰开，走到门口，趴到门板上探出头去四处看了看，外面的大雨瓢泼而下，远处的山、近处的房屋都在雨中迷离不清，什么黑衣人白衣人，半个人影也瞧不见。而地上的倒霉蛋身上的血越流越多，沈锁锁心头狂跳，算了算了，救人一命胜造七级浮屠，要是他死在这里岂不更要坏掉她的生意？她把牙一咬，朝屋里叫道：“黄妈！黄妈！”

“哎，来了来了！”黄妈系着围裙出来了，脸上本来还带着一丝笑意，一见门口趴着个鲜血淋漓的人，笑意登时僵在脸上。

“快帮忙把他抬到月老祠去！”沈锁锁已经动手搬起地上那人的头，“不管他是死是活，都不要在我门口！佳瑶妹妹，麻烦你去请个大夫好不好？”

程佳瑶看着外面的大雨，有些迟疑。

沈锁锁见了，道：“那么我去请大夫，你来搬人好了！”

程佳瑶连忙道：“我去！我去！”说着慌忙地去屋内找伞。这里黄妈皱着眉毛抬起那人的脚，两人冒着雨把他抬到月老祠。

相思筑的红线大卖，月老祠的香火随之大盛。沈锁锁号称月老弟子这种事，月老祠也很配合地来了个默认。两家又相邻，沈锁锁和祠里的道士交情都非常好。

一个小道士看见是她，连忙叫人出来帮忙，把人抬到一间厢房，放到床上。这么短的距离，大家都给淋成了落汤鸡，沈锁锁呼出一口长气，看着这个浑身血污的男人，忽然“咦”了一声，拿袖子当手巾，三下两下给他擦去脸上的血污。

这下，所有人都忍不住“咦”了一声。

“嘿嘿。”沈锁锁得意地笑出声。凭她阅人以及卖红线无数的经验，一瞧那轮廓就知道是个生得不错的家伙，没想到他居然这般好看。

虽然脸上还有些血迹污泥没有擦干净，虽然眉头紧锁，脸色因为失血而变得异常苍白，可是那挺直的鼻梁，透出一股无以言喻的清雅味道——整个人被血和雨水湿透，就那么躺在床上，却有一股极清和的书卷气扑面而来。

“看来我没有救错人。”沈锁锁满意地点点头，环顾众道士和黄妈：“你们看这身料子，是有名的透月蜀锦。花纹和布料同一个颜色，一眼望去好像看不出来，可是你摸摸，这手感，多有分量！”她眯起眼，低下头去研究那布料，“嗯，是桂枝插月的样式呢！听说洛阳很流行这种样式……还有腰间这枚玉佩，哟，还刻着小篆……”说到这里，她忽然顿住了，眯起眼来细看那个小字。

众人只见这字体古朴，不知是什么意思，看她脸色猛地郑重起来，都当她发现了什么大事，跟着紧张起来。

沈锁锁眉头微皱，从怀里掏出一个小册子。册子已经被雨水淋湿，好在用的是极好的云片纸，挺括异常，上面的字迹清晰可辨。

只见她脸色郑重，一页页翻过，嘴里喃喃道："楚……洛阳……洛阳……长得这样好看，又有这样的书卷气……"

蓦然她的指尖在一行字上停住了，眉头渐渐松开，笑意一点点泛上来，"哈哈！哈哈！是他！一定是他！"她合上册子，再次看了躺在床上昏迷不醒的男子一眼，笑容更深了，道，"各位兄弟再辛苦一下，帮我把他搬到相思筑去！"

黄妈"啊"了一声："小姐，你莫要惹麻烦！"

"怎么会是麻烦？"沈锁锁笑眯眯地说，"这可是宝贝啊！"

当下那已伤得半死不活的男子，又被淋着大雨抬到了相思筑。

相思筑的铺面之后，是一个小小院落，三五间小小房屋，中间一个不大的天井，种了一棵桃树。此时桃花已经落尽，浓绿的树叶下掩着小而青的果子，在雨中十分滋润地随风摇动。

众道士把男子抬进一间房里，刚好程佳瑶也把大夫叫来了。诊过脉，沈锁锁连忙问："怎样？"

"失血太多，须得好生调养。"大夫坐下来开了张方子，递给她，"方才我已经替他把血止住了。这是一张补血养身的方子，好生吃着。"说到这里他低声问，"这位公子可是姑娘的什么人？"

沈锁锁嘻嘻一笑："是我的一位贵客。"接过方子看了看，她道："姚大夫，帮我在这背面写上三十两。"

姚大夫愣了愣："什么？"

"在背后写，药材三十两一服。"

姚大夫不明白，捏着方子皱眉："沈姑娘你在哪里上了当？这些药材最多不过二十两银子，是哪个药铺的伙计坑了你？你说给我，我去帮你把银子讨回来！"

"不是不是！"沈锁锁看着这热心的大夫，乐了，"总之你写上就对了，对我只有好处，没有坏处。”

纵然再不明白，大夫也不好说什么，依言写好。沈锁锁笑眯眯地收了，请大夫到前厅喝茶，付了诊金，大夫照例客气一番，半推半就地收下了。说话间已近中午，雨也小了不少，沈锁锁同大夫一起出了门，抓了药回来。

这里黄妈已经按着沈锁锁的吩咐，给那名男子换上了干净衣裳和被褥。程佳瑶在一旁帮忙——她原本只肯铺床，哪知一见床上这名男子竟然清俊异常，当下心花怒放，还把血衣抱到井边洗了。沈锁锁一拿了药回来，她又抢着去煎药。

黄妈看着这春心已动的少女，又看了看沈锁锁，道：“她的五两银子花得值。这么一个标致后生……”

“黄妈莫要乱说话。”沈锁锁开口道，脸上有一种狡黠神情，“他可不一定是她的。”

黄妈一惊，随后又一喜：“莫非你打算留给自己？”

“我可没打算嫁人。”沈锁锁白了她一眼，道，“明天你去买几斤茶叶来，酥饼、蜜饯、瓜子也多买些。”

“这些东西已经有了！为着今天月老过寿，我前天就买了。”

“我知道。可是你买的那些恐怕还不够。”

“还不够？”一贯节省的黄妈吓一跳，“我说十六小姐呀，你可是最省的一个人哪——”

“总之，听我的就是了。”沈锁锁志得意满，交代这一句就进屋去，掀帘子的时候，回过头来，道，“还有，莫要再叫我‘十六小姐’，只叫‘小姐’就好。”

午饭时候，程佳瑶脸上一直带着喜色，眼波欲滴，好几次张口欲言，又被脸上的红晕堵回去。

见惯了男女相悦之事的沈锁锁如何不知她的心事？当下笑道：“瑶妹妹，可是……嗯？”

一个“嗯”字，拖得悠长。程佳瑶的脸更红了，半天，才红着脸道：“沈姑娘，我想……我想……我想……”

沈锁锁笑吟吟问：“你想把你的红线绑在他手上？”

程佳瑶的脸已经红得像只熟透的桃子，只有点头的力气了。

“相思筑里的规矩，瑶妹妹你第一个见着他，当然可以先挑。”沈锁锁看着面前的女孩子喜上眉梢，顿了顿，道，“只是，眼下他神志不清。不说家世底细，我们连他叫什么都不知道……而且他是给人追杀到这里的，又不是上门来光顾我生意的人……这个，就算我厚着脸皮跟他提，也要等他醒了再说，是不是？”

这番话在情在理，说一句，程佳瑶就点一点头，待沈锁锁说完，程佳瑶道：“这些我都知道。只是……只是要麻烦沈姑娘，在他醒来之前，莫要……莫要把他说给别人……”

沈锁锁一副了然的模样，微笑道：“妹妹的心意我知道。你为他洗衣煎药，衣不解带地照顾他……这样的深情，哪个男人不动心？你放一百个心，除非他自己要求，不然我绝对不说给第二个人。”

当天夜里沈锁锁在灯下赶朱家小姐的绣活，绣了半天头昏眼花，正打算伸个懒腰，忽然听得一阵脚步声响，程佳瑶一脸通红地跑了进来：“他……他……他醒了！”

“这就醒了？”沈锁锁有些意外，大夫说最快也要到明后天呢。

程佳瑶一直在病床边守着，一见他慢慢睁开眼却慌得没了主意，毕竟已经入夜，她和他孤男寡女共处一室，于情于理说不过去，传出去也有损名节，因此连忙跑出来唤沈锁锁。

沈锁锁进了厢房，一看床上只剩被褥，哪里有人？

忍不住“咦”了一声，刹那间背后似乎有丝响动，她待要回头，脖子却忽然被人扼住，一声惊呼还没到嗓子眼便被人捂住了嘴，身后的人低低地问道：“这是哪里？”

沈锁锁已然明白身后是谁了，一颗悬着的心便放下来，脸上甚至还有笑容，她眨眨眼睛，示意他松开手。

他似乎有一丝犹豫，手飞快地扣住她的脉门，一探之下，有丝意外：“你不会武功？”

“是啊！我不会武功，连鸡都没有杀过呢。所以你放心好了。”她笑眯眯地道，“还有啊，你才受了伤，大夫说这几天最好连床都不要下，不然伤筋动骨，落下什么毛病可就难说了。”

脖子上的手也慢慢松开了，男子身子一软，几乎要倒下，沈锁锁连忙把他扶到床上。昏黄的灯光下，男子长了一双温润柔和的眸子，里面清清朗朗，似乎有天光云影，这样的目光落在身上，真是一件极舒服的事情。

“对不住，刚才吓着姑娘了。”

他的声音同样柔和悦耳。

“没事，我不怕。”她笑着端了把椅子放在床边坐下，道，“早就听说楚公子是出了名的再生宋玉，隔世潘安，不仅相貌出众，最难得是谦谦君子，温文如玉，虽然有一身武功，却从不曾伤人性命。”

他的脸色登时又白了：“你……”

“莫要急，莫要怕。”她柔声安慰他，“我不是江湖中人。之所以知道你的名字嘛！呵呵……”她从怀里掏出一个小册子，翻到某一页，读道：“楚疏言，洛阳楚记钱庄的三公子。年二十有二。十岁进问武院，十年后毕业。江湖龄：两年。武功一般，机关阵法却学得一流。为人文质彬彬，喜喝茶，好读书，滴酒不沾。一双清眸温柔如水，唇若桃花美煞个人……”念到这里，沈锁锁微微顿了顿，拖长了声音道，“据传，公子禀性温柔内敛，尚未经人事，亦无暧昧情史传出，因此无从探究所喜女子类型。”

这不足百字的记载，竟然把他的身世喜好记录得清清楚楚。不知道的还以为她是阅微堂的知书人，可是后面的话却太……楚疏言的脸似乎忍不住发红：“你……姑娘是什么人？”

“我叫沈锁锁。”她笑眯眯地答，“另外我还有个雅号，叫作相思筑主人。”

“是姑娘救了我？”

沈锁锁点点头：“嗯。”

他忍不住有些惊讶：“你可知道要杀我的人是谁？”

沈锁锁摇摇头：“不知道。”

“他们是这世上最贵的杀手，你身无武功，居然能从他们手里救下我？”他举目四顾，开始怀疑这一事实的可信度。

“我连他们的影子都没见到。估计他们以为你死了，所以就懒得管了。”

楚疏言笑了，他笑起来的时候，满屋的风雨湿气里忽然多了一丝墨香，“他们只相信，没有脑袋的人，才是死人。只要我的脑袋还在脖子上，就不会放过我。所以姑娘，你赶快把我丢到门外去。”

那个笑容让沈锁锁看得一呆，后面的话似乎根本没有听到，她从怀里摸出一支细小的黛笔——这种笔，寻常女人都是用来描眉的，她却用锦缎裹住，直接当笔用，在册子上关于楚疏言那部分加上一句：笑容尤美。

写罢她才抬起头来，微微一笑，道："那些生啊死啊的事，都是归阎罗王管的，我师父可不管这些。"

"你师父？"

"月老啊！"她拖长了声音说。

楚疏言怔了怔："那这里……"

"这里是相思筑，专司男女相思相悦之事。"她微笑着答。

阎罗王……月下老人……还有那本记录得过分详细的小册子……

有那么一瞬间，楚疏言怀疑这是梦境。然而伤口的剧痛提醒他这是现实，他强自硬撑，摸了摸身上，脸色一变："我的衣服呢？"

"哦，有位美丽的姑娘帮你拿去洗了。"沈锁锁笑眯眯地告诉他，"怎么？要找什么东西吗？"

"我的荷包里有个油纸包着的木盒，姑娘可曾看见？"

"这好办。你且等着，我给你找来。"她说着便出来。果然是程佳瑶妥妥当当地收起来了，一个荷包，几两散碎银子，十来粒金瓜子，一张银票，里面果然有个油纸包着的小小盒子，她拿了来，看着他拆开，问道："你想用这个叫人来帮你？"

楚疏言点点头，因为失血过多，连这样简单的动作都令他感到头晕。

"是莫行南？"她试探着问。

他再一次吃惊，不过这一次的惊讶却只是一闪而过。他从盒子里拿出一枚食指长短的黑黝黝的东西，随手扔出了窗外，回过头来：“姑娘这次却猜错了。”

“莫行南不是你的至交好友吗？有了危难，你不找他，找谁？”

“行南侠踪浪迹，连我都不知道他在哪里。这次召唤的，是扬风寨的兄弟。”

“扬风寨？”她吃了一惊，“难道是强盗？”

楚疏言笑了：“姑娘果然不是江湖中人。”

“你到现在才信我不是江湖中人，可见传说的楚公子温良老实的话是骗人的——”沈锁锁的话还没有说完，外面恍若划过一道闪电，把整个房间都映得光辉透亮，她吓了一跳，下午雨就停了，难道还要再打雷？

然而久久没有传来雷声，倒是鹤唳般一声清鸣，响彻整个天际，沈锁锁忍不住将头探出窗外，只见一朵巨大烟花飘落，化成朵朵流星划下。

那美，不可方物。看得她整个人呆住，半晌才回过神来：“你就是用这个来找人？这是什么？”

“这叫‘燃生花’。”

“真漂亮！”沈锁锁望着窗外漆黑的夜空，心头满是惊艳过后的激荡，“你们可真有办法，做得出这样的东西。这样漂亮的烟花我只在五岁那年见过一次，那个时候爷爷大寿，人家送来的各式烟花，足足两个时辰才算放完——”

说到这里，她猛然住了口，眼中的迷醉与向往登时消散，她咳嗽一声，待要说点儿别的话，远远已经传来了一道朗朗笑声：“哈哈，书呆子，你在哪里？”

沈锁锁吓了一跳，楚疏言也吃了一惊，吃惊过后，脸上马上有了喜色：“怎么这么快？怎么是他？”

片刻之后，沈锁锁只觉得眼前一花，屋里已多了一个人。还未来得及看清他的面貌，已被他身上的酒气熏到了鼻子。

来人似乎没有看见屋子里还另有一人，一进来，便“咦”了一声，径直走向楚疏言：“这样一座小城，有什么人能伤到你？”

“我从京城回来的路上便遇上了一批杀手，到了这里，我原以为已将那些人摆脱，谁知还是中了伏击。”楚疏言苦笑着摇摇头，“多亏这位沈姑娘救我一命。”

来人这才注意到她，回过头来，二话不说，一抱拳：“在下莫行南，从今往后，姑娘有用得着我的地方，尽管说一声！”

莫行南。果然是莫行南。她略过不录的下下之人。

据说这莫行南嗜武成痴，为了试练轻功，可以从万丈悬崖跳下去，最糟糕的是他打起架来就连命也不要……女人要嫁了这样的男人，守寡只怕是迟早的事——江湖的风云榜上，莫行南或许名列前茅，可沈锁锁的《相思录》上，却没有他的名字。

沈锁锁仔细打量他，果然和传说中一样呵，这个男人的生命已经被武功和朋友占满了，浑身上下，流动着与楚疏言截然不同的刚硬和爽朗。浓眉之下，是一对黑亮的大眼睛，豪气勃发，似乎随时随地都可以抛头颅洒热血，脸上的皮肤略显粗糙，那是江湖生活的一种写照。在这个太平盛世，已经很少有人愿意去做游侠。从问武院出来的人，更愿意投身疆场报效国家，以挣功名，再不然，就去做剑客，做镖师，甚至有人去深山中求道……沈锁锁再一次打量眼前这个男人，微笑着点点头，算是领了他这份谢意，关上门出去，不妨碍这两人聊天。

楚疏言问道："你几时来的安郡？"

"早上到的。"莫行南一屁股在床沿上坐下，灌了一口酒，摇了摇手里的酒葫芦，他笑道，"看，这是安郡最有名的青梅酒，百里邀我来喝——那小子真是会享受啊，我从来没有喝过这样清冽的好酒。"

杨梅，是安郡的特产。城外的山麓之上生满杨梅树，无论拿来浸酒还是腌制成蜜饯，都是一绝。

"百里无忧也来了吗？"

"嗯，他说这里的杨梅最好——你知道那小子最会吃了！我本来要拉他来见你，可他抱着蜜饯罐子不肯动身，又给楼里的姑娘拉着，哪里来得了？"莫行南说着，手心已抵上了楚疏言的背，内力源源不断地输送过去，楚疏言的脸色一分分地好了起来，半盏茶工夫之后，莫行南收掌，看着自己的双手，点头赞叹："嗯，这大本阳的内劲可不是盖的，岑夫子倒没夸张，临阵对敌或许不够刚猛，但用来疗伤修炼，真是再好不过。"

"岑夫子居然把看家本领都传了你？"楚疏言微微诧异，"院里那些夫子就数他最爱藏私，没想到还是便宜了你。"

"像我这样的学武天才，哪个夫子不喜欢？"莫行南得意地摇头晃脑，忽然脸色一正，道，"话说回来，你到底是被谁伤成这样的？看你的伤口……剑势居然这样凌厉，倘若再往左偏个一寸，大罗金仙也救不了你！"

"他们的剑法的确高强。"想到那凌厉的剑光，几乎避无可避的招式，楚疏言的眉头微微皱了起来，"若不是我借这里的地势，布成简单的阵法，早已没命了——那群黑衣人，为数六人，其中一人，武功高出其他五人甚多，就算是单打独斗，我也不是对手。他的剑势十分狠辣，仿佛拔剑就是为了取人性命……”

这样的剑招……莫行南听得眼前一亮，原本就黑亮无比的眸子，更是耀人：“难道是尽堂的人？”

百年前，一位高人设立问武院，将各门各派的精英请到院中任夫子，分门授课，一举打破了各门各派自立门户互不交好的江湖格局。自那以后，江湖中的纷争大大减少，偶尔出现一两个唯恐天下不乱的奸险之徒，问武院之上的阅微阁总能在第一时间找齐证据，废其武功，囚禁一生。

百年来，没有一个枭雄可以真正兴风作浪。人们甚至认为那位高人已经位列仙班，一双天眼，注视着江湖的一切，不放过任何伤天害理之举。

可是偏偏，近五年来，出了个尽堂。

尽堂。

一个名动江湖的杀手组织。

他们的剑法，没有名字，没有招数，只有目的——

那就是，杀人！

他们的剑，没有是非忠奸，没有好恶得失，只要主人接了任务，就一定会去完成。

被尽堂追杀的人，从来没有一个逃得过。除非雇主临时改变主意，并愿意付出双倍佣金，他们才会停下手中的剑。

“尽堂！”对手越是厉害，莫行南的眸子越是明亮，他一拍楚疏言的肩膀，“还是你行！居然能招惹上尽堂！我早就想会会他们了！这下好，只要我守在你身边，迟早可以跟他们打一架，哈哈哈！安郡，这次我真是来对了！”

楚疏言唯有苦笑。他发出燃生花，本意是想找扬风寨的另一位寨主，靳初楼。靳初楼冷淡如冰，聪明绝顶，武功之高，是他生平仅见。莫行南武功虽高，而且临敌之时往往能激发意想不到的潜力，每打一场大架，自身修为便能更上一层楼，可是性子急躁，嗜武如痴，一打起架来，完全不顾性命，这点最让他头痛，就算莫行南能打败尽堂杀手，也未必能帮他找到幕后的真正雇主。

尽堂只是一把伤他的剑，而那雇主，才是握剑的手。

他性子温和，从未树敌，亦不参加各类名利纷争。即使身为扬风寨的三寨主，在风云榜里占了一席之地，那也多半是莫行南拉着不放他离开扬风寨。不然，他更乐意在问武院里修书，或者回家管一间铺子，看晨昏日落，闲适人生。

“咦，古怪。”正沉浸在找到强大敌手喜悦之中的莫行南忽然抬起了头，道，“如果是尽堂的人，怎么会放过你？你受了这样重的伤，割你的脑袋简直易如反掌。”

尽堂向雇主交差，必要提着猎物的脑袋。这一点，无人不知。

“可是，沈姑娘确实不懂武功，甚至连扬风寨也不知道……”楚疏言若有所思，“要说古怪，也只有那本《相思录》了。”

“《相思录》？什么东西？”

楚疏言大致告诉了莫行南，莫行南二话不说，冲了出去，楚疏言连忙喝住他：“你做什么？”

“把那本册子找来一看不就知道了吗？”莫行南丢下这么一句，人影已然不见。

楚疏言跌足大叹，连忙起身去追他，然而即使莫行南为他疗了伤，这一用力还是头晕目眩，待走出房门，莫行南已经回来了。

莫行南悻悻地解释：“我本想趁她睡着了拿过来的，可她居然在绣花。”

“无论怎样，毕竟是沈姑娘救了我，你莫要胡来。”

“我哪有胡来？”莫行南两眼一瞪，“若不是看在她救了你的分儿上，难道我拿不到一本小册子？罢罢罢，总之我就守在这里等尽堂的人来便是。来一个杀一个，来两个杀一双，再多的古怪都让它见鬼去！”

第二章
小生意，大灾祸

H O N G X I A N Y I N

忙到三更天，才绣完了一只鸳鸯。沈锁锁伸了个懒腰，活动一下已经僵硬的手脚，喝一口用来提神的茶——茶已经冷透了，茶叶冲泡了三四次，变得淡而无味。

这是乡下出的粗茶，颜色绛紫，泡出来浓涩而味苦，第一次喝，她几乎要吐出来。这么些年过来，苦茶也成了甘露，还和这昏黄的灯盏一同陪她度过许多个赶制活计的深夜。

她再次无声地叹了口气，打着哈欠上床去。太累了，头一挨着枕头便睡去，到了卯时三刻便醒来——她的身子比人更准时，洗漱完毕，来叩楚疏言的房门。手还没有触到木门，身后已有柔和的声音道："沈姑娘，早。"

她要找的人，正坐在桃树下，一抖衣襟站了起来，头发整整齐齐，脸上干干净净，脸色纵然还有些苍白，比起昨天的死灰色，已经不知好了多少倍。

"楚公子早。"沈锁锁笑眯眯地把昨夜黄妈烘好的衣服递给他，"衣服已经干了，公子可以换上。"

"多谢姑娘。"楚疏言笑语温言，"这套衣服已经破了，原本不用费心的。"黑衣人的那一剑肌骨都能穿透，何况一件衣服？

“那道口子已经补好了。”清晨时分，沈锁锁的脾气似乎分外好，连声音也变得温柔，她把衣服交给他，叮咛，“换上吧。出来吃早饭。”

她这样盛情，楚疏言不好拂她的意，回屋换上衣服。后背上的口子果然已经补上了，不仅补上了，还补得天衣无缝，几乎看不出来。

饭桌上，楚疏言忍不住赞叹：“姑娘好手工。便是号称‘羽衣纤手’的花家二小姐，也未必有这样的手艺吧？”

“花千初？”沈锁锁的嘴角露出一丝笑意，“公子认识她吗？或者，看过她做的衣裳？”

她直言“看过”，而不是“穿过”。只因这花家二小姐虽然手艺绝妙，却也眼高于顶，天下间还真没有几个人能穿上她亲手缝制的衣裳。

“没有。”

沈锁锁看他答得老实，忍不住一笑，转而问：“那位莫大侠呢？”

“他练功去了。”

“练功？我没看到他呀。”

“他说这里院子太小，便到隔壁去了。”

“月老祠？”沈锁锁叫一声苦，他怎么跑到月老祠舞枪弄棒去了？人家也是要靠香火过日子的啊！

“别担心，行南不会伤害无辜。”楚疏言宽慰她。

“唉唉，总比在我这里练的好。”她点点头，把这件事丢开，脸上换上笑容，道，“公子，我想求你一件事。”

“姑娘但讲无妨。只要力所能及，莫说一件，就是十件，楚疏言也一并办到。”

他说这话的样子分外庄重。在救命恩人面前，这样的话也许人人都会说，但是，不一定人人都做得到。沈锁锁却笃定地知道，面前这个眉目温润的男子，说出来一定做得到。

他这样郑重，沈锁锁却促狭地道：“倘若我要你去杀了莫行南呢？”

楚疏言一呆，颇感意外。

“呆子，以后要答应别人什么事情，千万要先问个清楚。”沈锁锁已笑了起来，“放心吧。我和莫行南无冤无仇，要他的命干什么？”

楚疏言想了一想，道：“那好。只要不杀人放火，不伤天害理，其他的事，我都会照办。”

“其实也没什么事啦！”沈锁锁笑眯眯地给他倒了一杯茶，“只是希望今天公子能陪我坐坐，聊聊天，就像朋友那样，到时有来人，公子也莫要走开，大家一起吃吃瓜子，喝喝茶，成吗？”

“只是这样？”楚疏言再一次意外，完全摸不透沈锁锁脑子里到底打的什么主意。

“只是这样。不然还想怎样？”沈锁锁淡淡地说着，目光放向门外。

今天天气晴朗，阳光明媚，门前的路上已经有一道淡红色的窈窕人影，沈锁锁看着，笑意一点儿一点儿地涌进了眼睛，生意，就要上门了！

及至近前，那渐行渐近的人影，居然是程佳瑶。今日刻意打扮过，原本只有三分姿色的小家碧玉也添了几分娇媚。

她的脚一跨过门槛，沈锁锁便笑着迎上去：“哟，程妹妹，来坐坐？”

在这相思筑里进进出出的人，没有一千，也有八百，沈锁锁当然知道程佳瑶已经不打算再当“丫鬟”，要直接做“客人”了，难怪从昨夜起就没见着她人。

那程佳瑶却不急着同楚疏言接近，拉着沈锁锁的手走到一边：“沈姑娘，大家都说洛阳楚家的三公子在相思筑，真的吗？”

“自然是真的。三公子就在你面前呵！”

程佳瑶脸色却一暗，她不笨，相思筑里只收留了一名男子，回家便听人说楚家三公子在相思筑……他人生得那样俊秀，现在又知道了他的身世家底，她原该高兴才是，可是这下人人都知道了……

“沈姑娘，你不是说……说只给我一个人说……”她的脸上烧起来，说不下去了。

“哎呀，这话可不是我传出去的！”沈锁锁拉着她的手指天赌誓，“楚公子年纪渐大，一心要找个如意佳人，哪知来我这里的路上遇上了强人——昨天你也亲眼看见了——至于别人知道这事嘛，多半是楚家人放出来的风声，好让人知道。”说完一笑，“趁着这会子没人，咱们一起说说话？”

程佳瑶的脸色变了又变，白了又红，终于在椅子上坐下来，眼睛一望向楚疏言，几许柔情便从骨子里透了出来。

洛阳楚记钱庄的三公子要在相思筑挑选佳人！

这个消息早在安郡炸开了锅，程佳瑶进来还不到半炷香工夫，打扮得花娇柳嫩的女子们由母亲或者奶娘、丫头、亲戚陪着，陆陆续续地踏进了相思筑的大门。黄妈昨天买的蜜饯、瓜子甚至远远不够供应，看着前面厅里挤着一屋子人，黄妈笑得合不拢嘴，终于明白了沈锁锁的意思，上完了茶，她乐颠颠地又出去买了些零嘴儿回来。

楚疏言坐在椅子上，头皮忍不住隐隐发麻。

这一群大妈、小姐，几十双眼睛上上下下地打量他、扫视他。那些目光扫过他的头发、眼睛、鼻子、嘴巴，又扫过他的衣服、腰间的玉佩，甚至有一位中年妇人故意弄掉了手绢，趁弯腰捡的工夫细细打量他的鞋，随后向自己家的小姐低声道："没有错！这通身上下的气派，到底是贵家公子。看那双鞋子的做工就值好几十两银子！"

小姐听着乐了，眼睛里越发漾了蜜。

楚疏言极不自在，端起茶杯挡住自己的脸，向坐在身边的沈锁锁轻声道："沈姑娘……你……你来了这么多客人，我也不妨碍你做生意——"

"一点儿也不妨碍！"沈锁锁笑眯眯地说道，在他还没把话说完的时候就堵了回去，"公子答应得那样痛快利落，可是只让你坐着喝喝茶，怎么就这么不情不愿？"

"不……不是。"楚疏言只觉得脸皮都在发烧，他脾气好，生得又好，从小到大，无论家人朋友都很喜欢他，许多姐姐妹妹都乐意和他在一起……可是，他还没有受过这样的"关注"，看这些人的样子，几乎要把他分成几十份，一人得一份去才甘心。

"不是就好。"沈锁锁看着他的窘样，忍不住好笑。原来天底下还有怕被女人看的男人！她一面继续和大家聊些无关紧要的闲话，一面注意打量在场诸人的颜色。

大家见沈锁锁迟迟不扯到正题上，都有些着急，方才扔手绢的妇人第一个走到她面前来，拉着她的手，道："沈姑娘，好些日子不见，你又好看了许多！可见山上的水就是养人！”

“郑妈妈说笑了，水再养人，也要看养什么人呀！”沈锁锁依旧笑眯眯的，把她塞来的银子暗暗收进袖子里，道，“安郡的水，大约都养到郑小姐身上去了！楚公子，你可知道我们安郡最有名的才女是谁？便是这位郑小姐，十岁的时候已经会作诗了！”

人们的目光，登时“唰唰唰”扫到郑小姐身上去，眼里都是不忿。

这些人不再用可怕的眼神望向他，楚疏言如蒙大赦，连忙点点头：“哦。”

他这一“哦”，位子上立刻站起来两三个人，纷纷上前拉着沈锁锁的手，好生夸奖了一顿，沈锁锁的袖子登时沉了好几分，她脸上的笑容更甜了，向楚疏言道：“虽说安郡是座小城，但依山傍水，也算人杰地灵，懂诗文有才情的姑娘可不少呢！那位穿蓝衣裳的周姑娘，爷爷曾经是国子祭酒，周姑娘自小就见惯世面。那位穿黄衣裳的李姑娘，父亲做皮货生意，她自小就熟知账目，谁要娶了她，生意都不用自己打理，只管交给她，真真天生的贤内助！还有那位穿粉衣裳的林姑娘，一手丹青绝妙，公子若是不信，我这就叫人取笔墨来，让林姑娘为公子画一幅肖像如何？”

那林姑娘已经笑着作势站起，楚疏言连忙道：“我信，我信。”

这一下，即使再迟钝的人也明白了个中机关，纷纷上来拉沈锁锁的手。沈锁锁的两只袖子都沉了下去，摆了摆手，笑眯眯地站了起来，道：“大家真是太客气了！这样吧，我同楚公子进去一下，各位且先宽坐。”

楚疏言连忙站了起来，比她还快地进了里间，沈锁锁在他背后轻笑："怎么逃得比兔子还快？难道堂堂楚公子怕女人？"

"不是怕，只是不自在。"呜——太不自在了！觉得自己会被那些人分吃了。

沈锁锁两只袖子一抖，"哗啦啦"连响，一堆碎银子倒在了桌上，她捧着这些银子，幸福地笑了。

"沈姑娘……"楚疏言看着他的救命恩人，恳切，哦不，恳求道，"你这样做，如果只是为了赚钱，我可以双倍地给你，但求……"

"谁说只是为了赚钱？"沈锁锁白了他一眼，"确切地说，是为了赚更大的钱。"楚公子都到相思筑里来求姻缘，她的生意不知道会好到哪里去啊！想着，笑容爬上了她的眉眼，她细细地从上到下打量他，满意地点点头，"嗯，真不错……家世好，相貌好，脾气又好，没有一个女人不喜欢这样的丈夫，没有一个丈母娘不满意这样的女婿……楚公子，你已过弱冠之龄，也该娶门妻室了，安郡地方虽小，美女可不少哦，厅上难道就没有一位能入你眼吗？"

楚疏言哭笑不得："婚姻须得父母之命，沈姑娘，你虽然救了我的命，总不能强塞给我一个妻子吧？"

"不娶也不要紧。重要的是过场。"沈锁锁把银子装进荷包里，抖了抖，分量令她颇为满意，"呵，你再在我这里住上半个月，就算报了恩了，从此两不相欠，什么十件事八件事，你都不用为我做了。"

说完，她自行走了出去，回到厅上，只说人太多，楚疏言一时看不清。若是有意，可单独再来。

至于这个"单独再来"，自然要先过她这一关。

众人听了，各怀着心思回去。

沈锁锁在厅上捧着茶杯眉开眼笑，可以预见，往后的半个月，相思筑的门槛，一定会被磨去两寸不止。

事实与沈锁锁所料不远，那些姑娘家一个比一个心急，自己不好出面，托了丫鬟、婆子、亲戚、奶娘一一前来说项，处处费尽周折，塞给沈锁锁无数个红包，无奈那楚公子神龙见首不见尾，她们连一丝衣角都没瞧着。

除了沈锁锁数银子数得十分滋润以外，相思筑里没有一个人过得安稳。

家里多了个病号，黄妈又要准备四个人的饭菜，又要忙着抓药熬药。原本可以给她做帮手的程佳瑶哪里肯在心上人面前再当别人的丫鬟？早已回家去了，相思筑里的吃、穿、洒、扫，都落到黄妈一人肩上。

莫行南更是个闲不住的主儿，因为要保护楚疏言，不能走远，闷得无聊，只好跑到月老祠里教小道士扎马步。

然而最难过的人，恐怕还是楚疏言。自从那天被抓到前厅被相看了一次，已经闻“女”色变，整日里待在后院，几乎足不出户。

“这是干什么？”沈锁锁在他背后站了半天，见他在地上把一些小石子摆来摆去，忍不住摇头叹气，“何苦一个人闷着呢？不如我找几个人陪你聊天啊？”

楚疏言吓了一跳，连连摆手：“不用，不用了。”又道，“我在研习阵法，哪里会无聊？”

“阵法？”沈锁锁狐疑地看着地上被摆得七纵八横的小石子，眯起的眼睛里明明白白地写着“鬼才相信”四个大字。

“嗯。”楚疏言指给她看，详细地解释道，“明分八卦，暗合九宫。这便是诸葛武侯所创的九宫八卦阵。可惜问武院里的《全阵解》里始终找不全此阵的全图，先辈们传下来的，只有‘九宫阵’和‘八卦阵’，我在想怎样才能将这两个阵法合二为一，一明一暗，相辅相成……你看丙丁前进，如万条烈火烧山，壬癸后随，似一片乌云覆地……”他一面说，一面将其中的一些石子略略移动，“这样一来，左势下盘有青龙，右首下盘有白虎，阵势虽然威猛，敌人若是内力浑厚，震碎眼前障法就能破阵。唉，怎样才能将风云气象引入其中呢？”

他说着，似乎已经忘记身边还站着个人，整个人，已经沉进那千变万化的阵法里去了。

沈锁锁听他这样长篇大论，早已头皮发麻，见他出神，连忙开溜，忍不住道：“呆子，真是书呆子！谁要嫁了你，没被气死也要被闷死——”她还没抱怨完，忽然听得前门有人大喝：“沈锁锁！”

沈锁锁吓了一跳，认得这声音是月老祠里的住持道人，玄深道长。玄深道长为人严谨，修行也算精深，甚少踏出祠门，更不曾跑到相思筑来大呼小叫，沈锁锁连忙出来，问：“道长何事？”

“何事？”玄深似乎气极，眉毛胡子都快要翘了起来，道，“我问你，有个叫莫行南的，你可认得？”

沈锁锁心里一跳，脸上一黑，支吾道：“认是认得，但完全不熟……”

“认得就好！”玄深道，“跟我走吧！”

原来莫行南跑来这里练功，倾倒了一干小道士，莫行南又是天生爱热闹的脾气，撺掇着这些人跟他去扬风寨习武讨生活，把玄深几乎气了个半死，找他理论，他反而一摊手："是你的徒弟要跟我的嘛，要骂就骂你徒弟啊！再不然，我们打一架，谁赢了，这些徒弟就归谁！"

可怜玄深是个只会背经文的修习道士，哪里会武功？于是怒气之上，再加一重不平，打听到他是从相思筑来的，便来找沈锁锁。

沈锁锁连忙把楚疏言拉上，一起来到月老祠。

一进大门，便见平素那些捧惯了香炉握熟了拂尘的小道士，排成一列列，扎着马步，听着号令出拳。莫行南大摇大摆地走在他们中间，正在教他们招式。

"行南！"楚疏言又是好气，又是好笑，"你在做什么？"

"教徒弟啊！"罪魁祸首兴高采烈地答道，"怎么样？一会子工夫，扬风寨又多了十几个好兄弟！"

玄深的脸，已经拉到了地上。

楚疏言叹了口气，向众道士道："扬风寨在刀口上讨生活，哪里有这里清平自在？各位不要听他——"

他一句话还没有说完，明明灿灿的天光忽地暗了一暗，紧接着，一柄剑破空而来，他重伤未愈，除了倒退别无他路，莫行南连忙抢身上前，替他接下这一剑，拳风与剑气相撞，黑衣人与莫行南各退三步，莫行南的眼睛陡然间明亮起来："呵！尽堂！"

宽阔的院中，刹那间多了六个黑衣人，为首那一个，接了莫行南一掌，眼中似乎掠过一丝冷笑，身子一卷，挟着剑光扑来，再一次与莫行南斗在一处。莫行南暗叫不妙，这人武功与他不相上下，一时三刻绝难分出胜负，可另外五个黑衣人，已然扑向了楚疏言！

莫行南终于明白这黑衣人眼中的冷笑是什么意思，就算他接得住这个人的剑，他们还有五个人！

而这边，只有一个差点儿死过一次的楚疏言！

明媚阳光下，五个黑衣人的动作整齐划一，如五片遮天蔽日的黑云，向着楚疏言，压顶而来。

原来这些人真的没有放过他！

沈锁锁差点儿叫了出来，玄深和小道士们更是看得目瞪口呆，连叫喊的力气都失去了。阳光明媚、草木扶疏的院子在刹那间成了修罗场。

沈锁锁提醒自己赶快跑开——那些人要杀的是楚疏言，又不是她！她已经救了他一次，够了，足够了！没有必要在这里陪着他死！

可是在那样强大的剑气之下，沈锁锁只觉得有无数细箭穿透了衣服，刺进肌肤。别说跑，就连呼吸都变得艰难。

剑气凛冽中，楚疏言忽然硬接了其中一剑。

在这五个人看来，楚疏言无异于一只待宰羔羊，全无还手之力，没想到重伤之后他还能硬接剑招，无不大吃一惊。当中一人不防，佩剑给他夺去，“叮叮叮叮”四下清脆声音连响，沈锁锁只觉得眼前一花，再一晕，人已经被楚疏言拉在手中，箭一般冲进香堂。

“快追！莫要让他布阵！”

与莫行南缠斗在一起的黑衣人急声吼道，大敌当前，这一分心给了莫行南机会，“啪”的一声，黑衣人胸膛中了一掌，鲜血立刻从口中溢出。莫行南立时飞身去拦那五名黑衣人。

相比之下，这五人的身手略逊于那一个。五个人视线一交，匀出两个人来缠住莫行南，另外三人冲进香堂。

楚疏言拉着沈锁锁滚入香堂，一把把她塞到香案底下，长长的金黄色的帏幔兜头罩下，他急促地交代："莫要出声！"接着长剑扫落香炉，推倒月老雕像，更将桌椅功德箱之类杂物一通乱摆。

沈锁锁透过帏幔的缝隙，隐约觉得他用这些东西围了一个圈，只是围得极为凌乱，倒像是扔了一地杂物。

楚疏言还想把烛台拉下，剑气已经破空而来，他唯有步伐一转，踏到阵中"坎"位。

这是一个极简单的八卦阵，所有的东西临时堆凑，破绽百出，但一路较量下来，他已经知道这些黑衣人对阵法一窍不通，他一变位，三名黑衣人"咦"了一声，像是凭空不见了他的人影，一时找不到对手。

"唉，还是晚了一步！又让他布成阵法！"当中一人抱怨道。

"这阵法是临时拼凑的，一定有破绽！"说话的是那个受了掌伤的黑衣人，他明显中气不足，眼神之中的锐利却丝毫不减，"这些东西，统统砸碎就是了！"

沈锁锁在缝隙间看到楚疏言的身影轻轻一震，知道那黑衣人说对了法子。莫行南在外急得睚眦欲裂，每每要冲进来，都被那两人拦了回去，听到黑衣人这句话，大声叫道："书呆子，撑住，我就来救你啦！"

为首的黑衣人冷冷一哼："自顾尚且不暇，还说大话！"

一个"话"字刚落地，猛然听得两声惨呼。莫行南拼着肩胛受伤，用血肉之躯夹住了一名黑衣人的剑，反身一掌拍死了他，转身抽出剑身，刺进另一人的胸膛。

这几下快若闪电，几乎没有人看得清楚，几名黑衣人顿时一呆，纵然是杀人无数的杀手，也从未见过这样不要命的打法。

为首的黑衣人怒吼一声，冲了上去。便在此间，阵中的楚疏言忽然道："行南，把西瓜丢进来！"

这句话，让所有人一呆，莫行南也不答话——面对四个这样的对手，他想答也答不了。

楚疏言奋力将身子挪到帏幔边上，低声道："沈姑娘，你出来，从这里往东三步，往南五步，就可以出去了！你赶快走吧，此时此刻，他们没工夫留意你！"

沈锁锁怔怔地看着他再一次变成死灰色的脸，他已经站不住了，只能半躺在地上，雪白云缎之下，已经有殷殷鲜红流下——他背后的伤口一定崩裂了，那种血肉撕裂的痛苦……她只想了一想身子就忍不住发抖，而他的声音竟然还能这样柔和稳定！她的胸中仿佛有什么在澎湃翻滚，如有火舌在轻舔，她忽然抓住他的手："趁莫行南缠住了他们，我带你走！"

"不行……"他虚弱却坚定地拒绝了她，"行南已经受伤，抵不住四个——"

"扑通"一声，一个黑衣人被莫行南抛了进来，一旦入阵，黑衣人辨不清方向，一脸的迷惑与恐慌。沈锁锁却清清楚楚地看到，他与楚疏言之间，不过隔着一个香炉而已！

楚疏言奋力支起身，这样近的距离，只要一剑，他就可以结果了这个苦苦追杀着他的刽子手。

剑一寸寸接近黑衣人，只要再接近几分，就能到达他的咽喉……可是，他却觉得万分艰难。出道至今，他没有伤过一个人的性命，连比武打斗也没有过几场，现在，要他杀人……

剑尖颤抖，沈锁锁以为是他伤重无力，可这黑衣人已经缓缓地撑起身——她一咬牙，自楚疏言身后握住他的手，奋力往前一送——

一股温热的血，扑上了两个人的脸！

那一刻天地似已无声，黑衣人半撑起的身子颓然倒下，手摊在冰凉的地面上，甚至还轻轻弹跳了一下，似乎想握住那柄伤他的剑。他的眼睛没有闭上，睁得滚圆，里面尽是恐惧。

“当——”

一声轻响，长剑落地。

两个人的手都握不住它。

他看到她脸上的血，她也看到他脸上的血。他是她的镜子，她亦是他的镜子。彼此可以清晰地在对方脸上看到同自己一模一样的恐惧、恶心和后悔。

“扑通”，又一声。

又一个黑衣人被莫行南踢了进来。

这一个远比前一个暴烈，才一及地就马上跳了起来，叫骂着要冲上去再同莫行南拼命。可是仿佛就在刹那之间，莫行南不见了，同伴不见了，连庙堂也不见了，他身处荒野，找不到一个人影！

“见鬼！见鬼！”暴烈的杀手抡着剑一通乱砍，剑锋堪堪在沈锁锁颊边划过，一缕青丝无依地顺着他的剑尖飘下。

然而剑光一闪，他的身子与沈锁锁的发丝一起落地了。

她吃惊地看着楚疏言，楚疏言握着剑，向她强笑道：“没事了。”

他的脸上、身上满是血污，已分不清哪些是自己的，哪些是敌人的。这也是他第一次杀人，他同样害怕，可是他仍然安慰她：“没事了。”

她忽然觉得自己很没用，他受伤了，伤得那么重，应该由她来保护他，而不是像现在这样，让他强忍着杀人后的恐惧与恶心来安慰她。

“我没事。”她飞快地说，随后夺了他的剑，“在这里面杀人很简单，他们看不到我。你歇着吧，这里交给我！”

这句话，正与莫行南缠斗的两个黑衣人听得清清楚楚，不由得魂飞魄散，终于明白了楚疏言那句“把西瓜丢进来”的意思！

一旦被困进了阵里，被砍头就像切瓜那样简单了！

沿途的追杀，他们早已尝过楚疏言的苦头，这下还多了个打起架来完全不要命的莫行南——为了把那两个人踢进阵里，这个疯子已经挨了两刀，刀刀深可见骨！

此行毫无胜算！

剩下的两个人交换一下眼神，虚刺一剑，飞身而退！

“哈哈，打不赢了吧？打不赢了吧？”莫行南指着他们远去的方向大笑，尽管累得呼呼直喘气，声音照旧大得十里外的人都能听见，“嘿嘿，尽堂，尽堂，也不过如此！”

然而说完这一句，身体再也支撑不住，他再没有发出一丝声音，软软地倒下了。

月老祠的道士们直等那两个黑衣人走远了才敢上前来，沈锁锁托他们把楚疏言和莫行南抬回相思筑，一手指着莫行南，向小道士道：“看吧！要跟着他，这就是下场。好好跟着玄深师父吧！也许你们一辈子都练不成这样的本事，但至少可以比他死得好看一点儿！”

第二章

清海公后人

H O N G X I A N Y I N

江湖……杀戮……她今天算是见识到了。

再也不敢见第二眼了——最好连想也不要再想了。

楚疏言伤口迸裂，流出来的血把衣裳都浆住了。沈锁锁一面忍着对血腥味的反胃，一面照着姚大夫的吩咐，用剪刀把后面的衣襟剪开敷药。一面剪，一面心疼，这可是上好的透月蜀锦啊！剪得七零八落，再好的手工也补不回来了。

重伤的楚疏言眉头紧皱，嘴里无意识地发出呻吟，沈锁锁努力让自己的手轻些。敷完药，又将一勺一勺的浓黑汤药灌进他嘴里。

忙完这些，天已经黑透了。她给他带上门，正关门的时候，忽然听到他含糊地喊了一句："沈姑娘，快走……"

快走！

在月老祠里，他的脸苍白如纸，鲜血染红了半边身子，对她说："快走！"

锋利的长剑割断了她几缕头发，冰冷刺骨的剑意扫到她的脸上……她脸上溅满了别人的血……热的、腥的血……那一刻她被恐惧和后悔打倒，连动一动的力气都没有了，她以为自己会死在那里，但是剑光一闪，他笑着对她说："没事了。"

那个笑容是多么勉强！一点儿也不像他平时春风般温柔的样子。

可是她清晰地记得，他那只握着剑轻颤的手……还有剑尖送进敌人咽喉的一刻，他眼中迸发的、同自己一模一样的害怕！

即使那样，他也要强笑着告诉她：“没事了。”

忽然之间，沈锁锁的眼中就有了泪意：“呆子……”

莫行南很快便醒了——这个男人，好像有永远用不光的生命力，沈锁锁清早一起床，就见他在院子里溜达。

相较之下，楚疏言的情况就要糟糕许多。醒是醒了，但略略一动就疼得面无人色。

同样是人，同样是男人，同样是会武功的男人，为什么会有这么大的差距呢？

又下雨了。

这黄梅时节，雨自纷纷。开始还淅淅沥沥，睡到半夜，渐渐有雷声隐隐。雨势绵绵，屋子里到处弥漫着一股湿润之气。

过了两天，楚疏言也能下床了，几人无聊，就在后堂玩骰子，比大小。

莫行南是根老油条，楚疏言近墨者黑，居然也不赖，只有沈锁锁极少玩这些，不到半个时辰，就输了几十文钱，大半都进了莫行南的口袋。

莫行南乐得大笑：“哈哈，幸亏你有自知之明，说定了一文钱一局，不然可输惨了啊！”

饶是只去了几十文钱，沈锁锁已经心疼得龇牙咧嘴，这一局她又只摇出个五点，眉毛都皱了起来。

楚疏言见她这样，微微一笑，三个骰子在碗里滴溜溜乱转，缓缓停下。

“啊，瘪三！哈哈，居然是个瘪三！”玩了这么久，第一次看到比自己小的，沈锁锁高兴极了！

莫行南一揭盅，个个都是六点，是个豹子。他嘿嘿连笑两声，左手一摊，“兄弟，掏钱吧！”

楚疏言递过去一文钱，莫行南接过，放在嘴边吹了一口气，得意扬扬道：“我好像很久没赢到你的钱了！这是你手气不好，别怪我欺负你重伤未愈啊！”

楚疏言也不答话，照旧掷，哪知手气真的不好，一连几局，连沈锁锁都不如，转眼之间，二十文便离了荷包。

莫行南乐不可支，他只有小时候赢过楚疏言，难得风光再现，道：“我今天一定是财星罩命，不然怎么连你也输给我？哎呀呀，干吗在这里跟你们玩这么小的？我到城里赌大的去！一定稳赚！”

一面说，一面摇，腕上忽然微微一麻，他正得意，也没多留意。一开盅，却愣了，再揉揉眼：“咦？”

沈锁锁哈哈大笑：“莫大侠，你的财星呢？跑到哪里去了？”

这次莫行南居然只有四点！

这一局，楚疏言六点，沈锁锁九点。她笑眯眯地伸出了手：“莫大侠，掏钱吧！”

莫行南心不甘情不愿地递出一文钱给她，闷闷道：“邪了！我这一盅，稳打是个豹子！”

再开一局，莫行南又输了，这一回，居然是个瘪三。

“见鬼，见鬼！”莫行南跳了起来，“怎么会有这种事？我莫行南也会掷瘪三？”

输到了第三次，莫行南忽然望向一直安然微笑的楚疏言，眯起了眼，道："书呆子，你害我！"

"想不到堂堂莫大侠也是输不起的人啊！"沈锁锁一面笑眯眯地伸手到他面前取了一文钱，一面道，"输了还要怪别人。"

莫行南却不理她，只盯着楚疏言："接连三次，我的手腕都微微一麻，我还以为是小虫子，现在想想，一定是你做的手脚！"他忽然站了起来，怒声道："楚疏言，咱们多少年朋友了？你居然为几文钱使诈！"他竟似怒不可遏，二话不说，把桌上的铜钱扫了一地，飞身出去了。

沈锁锁愣了半天才反应过来："他……他这是干什么？"没有必要因为这几文钱翻脸吧？

"过一会儿就好了。他向来如此，你不用担心。"楚疏言蹲下去，将散落一地的铜钱一枚枚捡起来，抬起头来，问，"你还要不要玩？"

"反正没事，干吗不玩？"沈锁锁笑得甜蜜。

莫行南生不生气，关她什么事？这楚疏言手气奇差，没准她可以把输出去的全部赢回来呢！

果然，楚疏言几乎盘盘都输，铜钱长了翅膀似的往沈锁锁面前飞，她的笑容越来越深，直到楚疏言把身上的散碎银子输了个干干净净，沈锁锁才咳嗽一声，收手："呃，时候不早了，黄妈只怕已经开始烧饭了呢——你喜欢吃什么菜？"

在相思筑住的这些天，这是她第一次这样客客气气问楚疏言想吃什么。

"随便。"楚疏言答，开始收拾骰子，仿若不经意地问，"你，还好吧？"

“呃？”正忙着数钱的沈锁锁抬起头，“什么？”

“咳，黄妈昨天问我什么东西能安神宁气，说你这几天总做噩梦，我想……”他顿了顿，语气里面不自觉多了份滞涩，“我想你定是因为那天的事……”

“我没什么。我们不杀他，他就会杀我们。我很清楚。”她“哗啦啦”把铜钱装进荷包，摇了摇，听见那铜钱撞击的声音，无限幸福，“呵，这些钱，够给黄妈买一个月的菜了！”

然而一转身，她便把黄妈叫进了房间，劈头便问：“我睡不睡得着，你告诉楚疏言干什么？”

“我……我想他是个读书人……”

“你怎么知道他是读书人？读书人怎么会招惹那样的杀手？就算是读书人，又不是大夫！”

“我想，他兴许知道……小姐，我只是问问……”

“你别以为我不知道你的心思！”一向好脾气的沈锁锁忽然一拍桌子，声音里充满冷厉和威严，“记着，你终究不过是一个下人，我的事，还轮不到你操心！”

黄妈叹息一声：“我知道错了。下次，再也不说了。”

“黄妈……”沈锁锁的气势，在黄妈黯然转身的一刹那间便低了下来，她叹了口气，“我知道你是想替我的终身打算……可是我早已不去想这些了，就这么过一辈子也好……”她再次叹了口气，挥挥手，让黄妈出去。

午饭一摆上桌，莫行南便回来了，跳上椅子就吃了起来，跟楚疏言又说又笑，上午那么大的火气，好像根本没有发过。

饭罢，风雨迷离中来了两位客人，原来是一位母亲带着女儿来求姻缘。女儿已经十八岁了，生得倒齐全，就是嘴作三瓣，是个兔唇。

只一眼，沈锁锁就明白了。含笑请母女俩坐下，问了生辰八字，到月老像前上了三炷香，取了一条红线绑在姑娘的手腕上，道："我师父说，姑娘的姻缘，就在这几日。等天气放晴的那天，你将姑娘打扮好，到我这里来。"

一听这话，母女俩欢喜不尽。母亲放下五两银子的谢礼，千恩万谢地走了。

楚疏言正在后堂喝茶，听得一字不漏，忍不住问："人世间的姻缘，你真算得出来吗？"

"当然。"沈锁锁掂着那只元宝，笑眯眯地说，"我这个月老师父，可不是白拜的。"

楚疏言暗自摇头，她拜的虽然是月老，心里面供的，只怕是财神。

把银子收好了，沈锁锁喝了口茶，道："其实，是两个月前，一户人家想找媳妇，儿子刚好是个跛子。今天遇着这一个，双方身世家底差不多，简直是天生一对。到时候，让女子口衔鲜花，男子骑马相见……呵呵，这招'走马观花'，我的前辈早已用过多次啦！"

"可是，他们不知道彼此……"

"有几对夫妻真正知道彼此？"沈锁锁白了他一眼，"盖头一掀，生米就成了熟饭。别的姑娘我也不好意思说给他，可这位姑娘本来就有缺陷，两个人半斤八两。婚姻，不过是凑在一起过日子罢了，讲究那么多干什么？"

她这番话，听起来颇偏激，又好像有些道理。也许她对儿女之事见得多了，自然也就看得淡了。

然而她说话时的神情，令楚疏言心里隐隐一动。

站在眼前说话的，仿佛不是个布衣荆钗的小小红娘，倒像个金贵非常的大家之女，养在锦门，尊在绣户，锦衣玉食里养出来的一股雍容自在，自有一股睥睨之态。

不，金闺小姐不足以喻她。她的睥睨之中还带着一股沧桑，那沧桑如水，流溢在眼角眉梢。不知怎的，楚疏言忽然觉得她那并不出奇的眉目，如水一般流泻开来，看着她，只觉得心里面，清凉而柔软，异常舒适。

沈锁锁没有留意他的神情，自去一旁做荷包。

楚疏言若有所思地看着她的背影，夜间，问莫行南："有件事，你不觉得奇怪吗？"

"什么事？"

"我当时重伤，那几个人无论谁再补一刀，我都死定了。可他们却没有下手。"

莫行南点点头："嗯，这不像尽堂的作风。"

"事实上他们并未放弃，我一去月老祠就遭刺杀，可见他们一直埋伏在这附近。"

莫行南再点点头："嗯，有道理。"

"昨天晚上我们两人都昏迷不醒，他们又有杀我们的良机，为什么一再错过？"

这下莫行南不点头了，眉毛已经皱了起来："古怪，古怪。"

"似乎只要我们一踏进这相思筑，尽堂的人就不敢动手……"

这个结论太过诡异，小小一间红线铺，哪里有本事让尽堂杀手止步？何况沈锁锁不懂武功，昨天她把那一剑推向杀手咽喉之后的恐惧不是装出来的，她从未见过这样的场面。

可她要是和尽堂一伙，怎么会救他性命？

也许，他该找她好好谈谈。

然而翌日清早，沈锁锁便有客人上门，正在忙碌。

楚疏言还未踏出后堂，就听得一阵哭声。

男子的哭声。

“沈姑娘，沈姑娘……”一个青衣男子坐在椅上，涕泪横流，“沈姑娘我求求你了！只要你帮我去说，没有不成的……”

“张公子，不是我不帮，而是帮不了。就算乔夫人卖我面子，乔小姐跟了你，只怕也没有好日子过。”面对七尺男儿的眼泪，沈锁锁却丝毫不为所动，继续道，“你一个胭脂铺的小二，想娶乔员外的千金……难道你没有想过，乔小姐跟了你，穿布衣，吃粗饭，一个钱恨不得掰成两瓣花，这样的日子，可是千金小姐过得来的？再者，乔小姐十指不沾阳春水，你怎么好意思让她为你蓬头垢面，洗手做羹汤？”她叹息一声，“张公子，你快回去吧。以后我这里要是有合适的女子，定会给你牵好红线，但乔家小姐……你不必指望了。”

“琪儿心里有我啊！”张公子脸色惨白，他已经登过乔府大门，却被赶了出来，本以为一番真情，能打动这号称月老弟子的相思筑主人，哪知这位沈姑娘的心，却比乔家人还要冷！他又是痛苦，又是绝望，嘶声道：“门第之见，贫富之别，都是你们这些人编派出来的！你们……你们活活拆散一对有情人，我和琪儿都不会原谅你们！”

“这个时候分开，你们自然会心痛，会难过，可是再过个两三年，各自开花结果，这一段春梦，便了无痕迹了。”沈锁锁说完便站了起来，已然是一副送客的模样，“张公子，请恕我相思筑人微言轻，帮不上你的忙。”

那男子彻底绝望，站起身子，摇摇晃晃地走了。

楚疏言悄然发出一声叹息，道：“姑娘是否太狠心了？既然他们心中有情，这门第之见，也可以抛开的。”

“眼下欢情正浓，有什么东西抛不开？可时日一长，又怎样呢？”沈锁锁淡淡地说，“要是楚公子喜欢上了一个逃犯，难道也抛下一切跟她四处逃难吗？就算下得了一时的决心，总有一天，你会想念那锦衣玉食、荣华富贵。”

她说完，开始整理一边摆着的各式红线、手帕、荷包、香坠儿。

便是在这个时候，一缕箫音传来。

春末的风带来远方草木的清香，那丝箫音似乎从天边传来，箫声一起，紧接着一管清亮的笛音，交织成一曲华丽绮音，似乎有烂漫春花就在道旁盛放，沈锁锁几乎可以闻得到花海的香气。

一乘宽大的马车渐行渐近，莫行南忽然如风一般从月老祠掠了出来，大声笑道：“哈哈，百里，你总算来了！牙齿没给杨梅酸坏吧？”

“你呢？单掌力战尽堂六大杀手，真是威风啊……”

这声音真是好听，懒洋洋的，像醉了似的使不出力气，可是动听得甚至胜过那笛箫合奏，听在耳里，有说不出的舒服。

“这是什么人？”沈锁锁出神地看着那辆马车，不由自主问道。

“这个人，一定在你的相思录上。”楚疏言看着她那一脸心驰神往的模样，忍不住答道，“他的名字，叫作百里无忧。”

“百里无忧？”沈锁锁仿佛一下子跳了起来，“百里无忧！你说的，可是那个号称妙手无双的娑定城少城主，百里无忧？”

就是传说中，那容貌绝美、连女子都自愧不如的百里无忧！

就是万千少女的梦中情人，百里无忧！

马车停在门口，四壁轻纱款扬，几名华衣丽人坐在里面，吹箫的吹箫、弄笛的弄笛、把盏的把盏，一名女子轻轻一扬袖，如凌波仙子一般，纱衣在空中扬起一阵香风，轻轻地停在沈锁锁面前，笑道：“这位，可是安郡最有名的红娘，相思筑主人？”

她那么美丽，笑容又那么温柔，沈锁锁虽然有些失望没能见到要见的那个人，还是好脾气地一笑：“是。”

“介不介意我们拆了你的大门？”

“呃？”

沈锁锁嘴巴张得快要吞下一只鸡蛋，眼前的女子仍然笑得那么温柔，仿佛只是在说：“介不介意我用一下你的针线？”

“伴雪，退下。”一个懒洋洋的嗓音响了起来，马车上的众美人中央，慢慢坐起一个绯红衣衫的男子，眼波轻轻地一转，连阳光都失去了颜色，他的目光落在沈锁锁身上，温柔地道：“这位沈姑娘，可不是一般人。”

名唤伴雪的女子依言退开，侍从扛来一卷红毡，从马车前一直铺到大门口，两位丽人轻笑着扶着他，踏上红毡，经过呆若木鸡的沈锁锁身旁时，他微微一笑：“主人不在前面引路？”

原来他躺着，难怪她看不到！

原来他的声音这样好听！

原来他长得这样美！

这样美!

然而还没感慨完，莫行南已经开了口，讶然道：“咦，今天你怎么不把马车拉进来？几时这么懂事了？”

“刚刚。”百里无忧浅笑着走进来，在门口站定，望着沈锁锁微微一笑，转过头来，“莫兄，你可知有几个地方，我是不敢拆大门的？”

“哦？说来听听。”

“第一个是问武院。”

“嗯，你若是敢做这种事，我莫行南三个字倒着写。”

“第二个是唐门。”

“嗯，你若是去了，我莫行南三个字倒着写也没用了。”

“第三个，是九王府。”

“嗯，那个妖怪王爷吓人得很。”

“原本只有这三个，可是今天，却跑出第四个了，这间相思筑，我也不敢拆。”

莫行南有些意外：“这是为什么？你拆完之后，不是会给人装上的吗？”

“可是我怕沈姑娘不高兴。”百里无忧可怜兮兮地望了沈锁锁一眼，“万一沈姑娘不高兴，谁来给人牵线说媒，谁来撮合有情人成眷属？”

话说到这里，沈锁锁终于笑了，她走上来，请客人进屋，倒茶。

哪知手还没碰上茶壶，伴雪就向着她一笑，桌上已经摆出鲜果、蜜饯与茶杯，小风炉也燃了起来，一只紫砂壶已经溢出茶香。

椅子上也铺好了锦垫，茶几边上搁着一只香炉，清淡的香气袅袅升起。

转眼之前，相思筑就被布置成娑定城少城主的行宫。

百里无忧最爱四处闲游，又和莫行南最好，因此常常上扬风寨，楚疏言与他虽然不算深交，可都是江湖上名头极健的少年，再加上有口无遮拦的话袋子莫行南，也算聊得来的朋友。

楚疏言一直端坐，别人说了十句，他才说一句。沈锁锁瞧他正襟危坐的模样，再想到自己相思录上的记录，一丝笑意，连自己都不曾察觉地爬上了嘴角。

那百里无忧真是个八面玲珑的人物，一面与两人聊得风雨不透，一面还匀得出一只眼睛来望向沈锁锁，见了她，百里无忧未语已先笑，点漆双眸恰似春水轻漾，那样轻悦的温柔，即使在女人脸上也很难找到，他道：“姑娘芳名‘锁锁’？”

这样的人，问这样的问题，没有一个女人可以拒绝，沈锁锁不由自主地点点头。

百里无忧轻轻一拍手，伴雪拿来一只锦盒，双手捧到沈锁锁面前，百里无忧轻笑：“请姑娘笑纳。”

盒子里躺着一只灿灿金锁，中央镶着一只猫眼玉，一条极细的链子连着它。

好一只小巧美丽的金锁，沈锁锁的眼色却微微一变，手指轻轻颤抖，她拿起了它，食指与中指一旋，竟弹出一枚极小巧的钥匙，钥匙是纯金打造，缀着各色宝石，华贵异常。

百里无忧含笑道：“沈姑娘真是妙人，我还没来得及说出这锁的来历，姑娘就已经懂得怎样开启。”

沈锁锁强自稳住心神，微微一笑：“好巧，我曾经见过这只锁。”

“哦？这么说姑娘认识锁的主人？”

“曾经有位富家小姐来这里求姻缘，给我看了这只锁。”此刻她已经完全恢复常态，再一次笑眯眯地道，“我当时就觉得这锁极有意思，要是能照样子打个几十只来卖，生意一定很好。可是那位小姐说这样的锁，天下间只有一只，是前朝一位能工巧匠所制，在她周岁那年，有人送给了她。”

“姑娘可知道这位小姐是哪户人家的？”

“她没有多说，我生意又忙，哪里顾得上问？”沈锁锁一面说，一面把锁放进了盒子里，笑道，“这下可好了，明儿我就拿着这个去铁匠铺，叫铁匠照着样子打几个。虽然不如这个金贵，不过咱们可以叫它‘同心锁’，遇着喜欢的人，就把钥匙送给她，这主意妙不妙？”

百里无忧拊掌大笑：“妙，妙，妙不可言。”笑了一阵，他忽地话锋一转，又道：“这叫七宝锁，据说是清海公家一位小姐的东西，不知怎的，竟流落到了此地的当铺，被我无意中看到，便赎了来。恰好姑娘名叫‘锁锁’，真真有缘分！”

“清海公？”楚疏言听了一愣，“可是十年前，被罢官抄家的清海公？”

“嗯，三朝元老，功高震主……清海公一世清名，竟坏在不肖子孙手里。几个儿子窝里反，闹得一门受黜，男女老少，都被流放到不知哪一处穷山恶水去了，可叹！”

清海公！

这三个字，让沈锁锁的身子陡然轻颤，楚疏言见她眸子骤然变深，心念飞转，佯作一个不支，身体微微一晃。几乎是立刻，沈锁锁便发现了："你的伤还没有好，为什么不多躺一下？我扶你。"

她甚至没等楚疏言说话，就扶着他的手臂回房去了。

莫行南眼看着她从眼前把楚疏言带走，半天才回过神，指着他们消失的方向，忍不住道："书呆子早上还活蹦乱跳，怎么现在走路还要人扶？咱们难得聚到一起——"他说着，把袖子一卷，"我把他拉回来！"

结果被拉住的却是他自己，他愕然地回头，看到百里无忧的如春花般绽放的脸，不解："干吗？"

"兄弟虽然好，真正体贴入微的，还是女人。"百里无忧把他拉到椅子上坐下，自己走到桌边，轻轻拈起一粒乌紫的杨梅，酸甜的滋味融化在嘴里，他满足地叹了一口长气，"像这样，你喝青梅酒，我吃紫杨梅，咱们两个聊着，也不赖。"

"不是谁都像你一样好色的！"莫行南一拍他肩膀，"我这个兄弟，从来不沾女色！多少美女追着喊着要嫁他，他都没应下来。这位沈姑娘姿色平平，恐怕也没指望。"

"这位姑娘姿色平平？"百里无忧看着好友，微笑，"难道你看不出来，她易了容？"

"易容？"莫行南吃了一惊，脑子里刹那间转了好几个念头，"莫非她就是要杀书呆子的人？"他一下子跳了起来，就要往里冲。

百里无忧再一次拉住了他："楚公子不是已经说了，她不会武功。"

"那她易什么容？"

"易容，当然是为了不让人认出她，当然是为了掩盖某些秘密。"百里无忧再次拈起一颗杨梅，高高地抛起，再张嘴接住，末了，款款一笑，“而秘密……是多么有意思的东西……”

楚疏言明显感到她扶在他臂上的手轻轻颤抖，到了屋里，她把他扶上床，真的像对待一个身体虚弱已极的病人一样对待他，楚疏言清清楚楚地看见，一滴冷汗自她的鬓角滑下，经过腮边，直滴进衣领里。

安置好楚疏言，沈锁锁埋下头去，呼吸粗重得令她自己都有些害怕。她连忙深深吸了口气，向着他微微一笑：“好了，你歇着吧！”

“等等。”

他在背后唤住了她。

沈锁锁的脚步一滞，脊背一僵——似乎在他面前，她总是不能好好地掩饰自己的情绪！这一下，露出马脚了！

“你……可以坐下来跟我说说话吗？”

他的声音，有一丝不确定，又有一丝涩滞，如果自己猜错了，这一句话，只怕就要被看作自作多情了。

然而沈锁锁立刻答应下来：“好啊！”她给自己找了只凳子坐下，托着腮，寻思着话题，半晌，她掏出了那本《相思录》，道：“正好趁着你在，多问你几个问题，好不好？”

楚疏言想了一想，道：“如果你能够把那几句话去掉，我知无不言。”

“哪几句？”

想到那几句话，楚疏言脸微微发红，“嗯，就是‘滴酒不沾’四个字后面的。”

“哦……”沈锁锁表示明白，照着册子读了出来，“一双清眸温柔如水，唇若桃花美煞个人。据传公子禀性温柔内敛，尚未经人事，亦无暧昧情史传出，因此无从探究所喜女子类型。”她合上册子，认真地问，“怎么？我写错了吗？”

“这些……不必写上。”楚疏言真的要脸红了。

她眨了眨眼，促狭地问道：“既然没有错，为什么要去掉？后面还有一句‘笑容尤美’，不好吗？”

“男人怎么能说美呢？”楚疏言又好笑，又好气，“即使可以，那也只能是百里公子一般的人物——啊，这册上是怎么说百里公子的？”

沈锁锁黯然叹气：“说百里无忧，只怕是错了。”

“怎么？”

“都说百里无忧是最温柔最多情的美男子，可我看他，美则美矣，半点儿也不温柔可爱，反而咄咄逼人——”说到这里她再一次意识到自己失言了，连忙笑着打个哈哈，“呃，我们不说他，只说你，我问你，你喜欢什么样的姑娘？”

见她又问这些，楚疏言干脆闭上了嘴巴，不说话了。

沈锁锁不高兴了：“喂，是你留我陪你说话的，怎么自己反而变哑巴了？”

楚疏言想了想，问她：“今天那位姓张的公子，你为什么不做他的生意？”

“我不是告诉你了吗？”沈锁锁懒洋洋地抛下了册子，“这世上，或许会有不计贫富门第的爱情，但千万个人里面，不过只得一两个罢了。再说，他们真要在一起，也不是没有办法。”

“哦？”

“只要乔小姐狠得下心，跟着情郎一走了之，不就可以双宿双栖了？”

楚疏言一震：“你是说……私奔？”

沈锁锁瞧这吃惊的模样，微微冷笑一下：“楚公子觉得这样做大逆不道吧？可这世上，哪里有那么多十全十美的事情？想得到一样，很多时候就必须放开另一样。贪恋父母亲情，就要割舍情郎，想有情人成眷属，就要割舍锦衣玉食。这是没办法的事。”

楚疏言五岁启蒙，修读儒道，儒家圣言深入肺腑，连莫行南都叫他书呆子。此刻听到一个女子跟他大谈私奔，几乎惊出一头汗。

两个人都没有再开口，话题再一次中断了。屋子里陷入寂静，只有沈锁锁窸窣弄衣带的声响。

她的食指绕着腰上的丝绦，一圈一转重重地把手指裹住，再慢慢把手指抽出来，丝绦便卷成了一团。又把手指缓缓插进去，慢慢地旋开来。极无聊的游戏。两人就在这室内静坐，气氛尴尬又古怪，她想了想，转过头来，问他：“你为什么会被人追杀？”

楚疏言苦笑：“这个嘛，我也不知道。”

“你不知道？”沈锁锁真的服了他。

“我从问武院毕业后，一直都在扬风寨。三个月前，京城有人请我去修一间密室。回来路上就遇到了这批杀手。”

“谁请你去的？破什么机关？”沈锁锁的脑筋转得极快，立刻切中重点。

楚疏言却摇了摇头：“我已经答应了那个人，不告诉任何人。你莫要怀疑是这个人害我，此人声名极好，断不会做出这种事。”

声名，呵，声名都是拿来骗傻瓜的！

沈锁锁几乎失笑，可是看到他这副正正经经、认认真真的模样，实在是笑不出来了。

是他傻吗？不，相反，他比大多数人都聪明。

可他的一生，头顶天，脚踏地，前方是金光灿灿的孔圣人，他恪守“忠孝信义”四字箴言，他不相信世上存在着言而无信的阴谋和背叛。

他那金风细雨阳光明媚的生活里，从来就没有出现过任何阴暗。

“我羡慕你。”沈锁锁幽幽地说道。

“你说什么？”楚疏言没听清她那近乎自语的低低声音，却看到她的眸子一下子暗了下去——那总是闪耀着一丝狡黠的眸光，忽然之间就如同风吹烛火一般灭了下去，他的心里有莫名的悲凉痛楚，解释道，“我……我答应了别人，不能说出他的名字。可是，如果你真的想知道，我可以告诉你我修的密室，行不行？”

“我不想知道什么，你不用告诉我。”沈锁锁有些无力地笑了笑，道，“知道吗？你像一面镜子，用这么白的你，照出这么黑的我。”

楚疏言不知道。完全不懂。他忽然发现自己好像常常听不明白她说话。可是他不愿意看到她这样笑，想了一想，努力找出她可能感兴趣的话题：“那人实是个痴情种子，他让我修的密室里，挂满了一名女子的画像。那些画像，有的在抚琴，有的在品茶，有的在歌舞，有的在出神，每一幅都惟妙惟肖……”

“这个女子，一定已经死了。”沈锁锁淡淡地道。

“你怎么知道？”

“如果她还活着，哪用专门造个密室藏她的画像？人总要等到失去才知道珍惜，这样的故事，我听得太多了。”说到这里，她顿了顿，“两年前，一位姓冯的女子嫁给了一位马姓少年，是我做媒。那少年风流好色，我原本不想把冯姑娘说给他，可惜冯姑娘对他一见钟情，冯姑娘人生得美，脾气又好，他也一眼相中了。完婚不到一个月，丈夫就开始在外寻花问柳，妻子不敢深劝，每每暗自神伤，都要到我这里跟我说会儿话。

“半年后，她病死了，腹中还有一个未足月的孩子。出殡的那一天，她丈夫以头触棺，眼中泣血，发誓再也不踏足烟花之地。还特意请玉匠雕了她的玉像，整日带在身边，不续弦，不纳妾，不入欢场，做了个清修的居士。有这样的痴心，为什么当初就不肯好好待她，非要把她逼死了才知悔改？”

说到这里，她一笑，笑容里有说不出的哀伤和讥讽：“你说的那个人，只怕比他还惨些。那女子也许根本不是他的人，不然，为何人死之后，挂幅画像还要偷偷摸摸，藏入密室？”

说完她就看到楚疏言愣怔的脸，忍不住苦笑：“我今天心情不好，聊什么骂什么，你不要介意。”

“你的话，虽然有些偏激，却不无道理。想来，我从未涉足江湖，只出了这一趟远门，唯有那个人有理由杀我——那个女子不仅不是他的人，也许还是某个位高权重之人的妻妾，甚至……你没有看到那些画像，那名女子，真是罕有的绝色，那样的姿色，恐怕还是位嫔妃！”说完，他自己都觉得掌心出了一把汗，“难怪，难怪……此人智谋无双，城府原本极深，这样的事情，难怪要杀我灭口……”

智谋无双，城府极深？

“等等！”沈锁锁忽然大叫一声，额上冷汗涔涔而下，“那个人，那个人是不是姓清，单名一个‘和’字？”

楚疏言一惊。

沈锁锁一看，便知道自己没有猜错。

她早该猜到的！他们出事都在相思筑外，一进了这个门，杀手居然也不追来——这个世上，除了“他”，还有谁会顾念她？

她忽然就凄然地笑了起来，她，居然救了“他”要杀的人！

第四章

对不起，请拿命来

H O N G X I A N Y I N

百里无忧当天便走了。

莫行南的解释是，他已经吃腻了杨梅。

然而到了楚疏言房里，莫行南却神秘兮兮地掏出一包药粉，道："百里说，用这个东西，可以看到沈姑娘的本来面目！要不要试试？你来还是我来？"

"本来面目？"

"是啊！百里说她易了容。不过这易容术还真不是一般高明啊，我居然没看出来。"

楚疏言淡淡道："我看出来了。"

"你看出来了？也不告诉我一声！我还以为她只是个普普通通的小丫头！"

楚疏言拈着那包药粉，不说话。

她看到那枚七宝锁、听百里无忧提起清海公时，那眸子中的惊痛是何等明显！可是在那样的情形下，脸色居然变也没变——若是她的定力真的这么好，脸上又怎会流露出那样沉痛的神情？

再高明的易容术，也改变不了眼神。

当年清海公权倾朝野，门生众多，那清和多半是其中一个，顾念旧情，放过相思筑，那些个想不明白的症结所在，总算弄清楚了。

可是他的心情却轻松不起来。

正在这时，门外忽然有人敲门，莫行南连忙把那包东西收起来。

门开处，却是黄妈。

黄妈待两人一向很好，此时向楚疏言笑道："楚公子，我家小姐有请。"

那笑容里，有三分欢喜，三分欣慰，三分殷勤，她以为她家小姐请这位温良公子，是去把酒夜话的。

然而楚疏言的心头，却只觉得压抑。

灯火昏黄，映着光滑的丝缎，缎上的花样忽然间变得迷蒙起来。

沈锁锁在绣那未完的绣罩。

花开并蒂，鸳鸯白首。

黄妈将楚疏言请来，殷勤地替二人关上门。

"楚公子。"沈锁锁站了起来，"请坐。"

桌上，放了一壶茶，一壶酒。沈锁锁替他倒了一杯茶，替自己倒了一杯酒，端起来敬他："我知道公子不喜欢喝酒，也就不敢准备了。来，人生在世，难得相逢便是缘分。"

她举杯一饮而尽。

楚疏言默默地喝下茶。

她从案上取过一套衣服，道："你身上穿的衣服，是黄妈丈夫的。他去年过世了，让你穿这样的衣服，真是对不住。这一套，是我赶着做出来的。料子当然比不上你自己那套，公子将就着穿吧。”

楚疏言接过，道：“多谢。”

“你不用谢我。这布料是用你输给我的银子买的。”说着她轻轻一笑，嘴角眉梢，有说不出的讥诮，“我虽然喜欢占人便宜，却不愿意受人恩惠。你故意使诈输钱，我领你这份情便是。”

楚疏言再一次沉默了，原来她知道。

她坐下来，自斟自饮，缓缓道：“知道吗？你实在是一个很好的人。明明样样都好，却半点儿也不骄傲，对什么人都软语温言。我又是羡慕，又是喜欢。这世上，似你这般白璧无瑕的君子，已经不多了。”她低低地一叹，拿过一只盒子，交给他，“你曾经说过，哪怕是十件事，也肯为我去做。我斗胆唐突，请你帮我送点儿东西到月老祠，行吗？”

“好。”楚疏言点点头，接过那只盒子，“请容我先去换上衣服——姑娘这一番心意，不敢辜负。”

他很快地换好了衣服，一件普普通通的布衣，穿在他身上，却有说不出的舒服。他捧着盒子向门外走去，沈锁锁唤住他：“楚疏言！”

他回头，窗外的晚风吹起他的发丝和衣角，那一刻看来他似要乘着夜色凌空飞去，沈锁锁忽然有说不出来的无奈和哀伤，她道：“请你，再说一遍‘没事了’……好不好？”

楚疏言垂下眼帘。

没事了？

他这样还能算没事吗？

“好久，好久没有人跟我说过这句话了……我一直都很感激你这样对我说过……当然，你可以不说……”

她长长地叹了口气，再斟一杯，哪知下一刻，杯子到了楚疏言手里，他仰首，一饮而尽。

从来没有喝过酒，不知道酒居然是这样辛辣，他忍不住咳嗽起来。

“你不是不喜欢喝酒吗？”沈锁锁近乎心疼地看着他，“为什么要喝？”

楚疏言不去看她的眼神，望着门外，淡淡道：“我怕这次不喝，从此再没有机会喝了。其实还有好多事情没有做……但是，也没有办法了。”他深深地吸了一口气，右手轻轻放在她的肩上，轻轻地、稳稳地道，“沈姑娘，你的心里，比常人藏了太多的事……但是，会没事的。也许我打扰了你原本安静的日子，现在，终于，没事了。”

他拿着盒子，轻轻地走出了相思筑的大门。

木盒就在掌中，轻若无物。

他当然知道这个盒子里什么东西都没有……如果说有的话，那就是死亡。

沈锁锁要他去死。

看来那个清和，在她的心目中，绝对不只家族门生那么简单……

他想到那个外表清冽、内心桀骜的男子，心头忽然有一种无以言喻的凄凉。

赴死的感觉，居然是这样的凄凉。

没有什么不甘愿，他的命本来就是她救的。如果当初不是她，他早已死了。

既然命已经是她的，现在她要为清和除去自己，那就给她吧！

难得的明月，如水一样照着大地，相思筑离月老祠，不过两箭之地，很快，那飞檐的大门，就在面前。

四周虫声寂寂，强大的杀气掩盖了天地间的一切声音。

从这里回望过去，相思筑内一灯如豆，在夜色中发出昏黄的光芒。

那盏光芒，也许是他在人世看到的最后一点儿光明。

——随后长剑压顶，两名黑衣人破空而来，另一名黑衣人站在一旁，负手观战。

楚疏言本想静静地等死，可是剑气刺骨的那一刻，他还是忍不住开始闪避——他到底是人，到底还是，想贪这一场生。

剑光逼身，而自己只剩招架之功，全无还手之力，更别说抽出工夫来布阵。身上很快又添了新伤口，在硬接招数的一刹那，背上的伤口隐隐便要撕裂。

那名黑衣人只负手站在一旁，楚疏言不知怎的，却觉得寒气一丝丝从他身上传来，直让人从心里面生出一股无力感。

就这样吧，反正，不会是他们的对手……反正，躲不过了……这些念头如水般涌了出来，他终于放弃了抵抗，慢慢地，闭上了眼睛……

“住手！”

“住手！”

“住手！”

一个声音凄厉地喊出这么三声，楚疏言猛然睁开眼睛。

月华如水，沈锁锁飞奔而来，叫道：“住手！不要杀他！”

那两名黑衣人当然不会听她的，可一直站在一旁的人却扬起了手——那仿佛是某个指令，两名杀手生生止住了招式，两柄剑，一前一后地停在楚疏言的胸腔与背心，只差那么一点点，便要穿出两个透明窟窿。

“我知道你们是谁派来的！”跑得太急，她上气不接下气，但是没有时间喘息了，她飞快地从怀里掏出一只宝光灿灿的金锁，掷到那名黑衣人的怀里，道，“把这个给他看！我担保这个人不会泄露他的秘密！”

黑衣人拈着锁，面罩中露出两只眼睛，将她细细打量：“要是他泄露了呢？”

他的声音沙哑难听，好像粗糙沙石在磨玉，听得人牙齿似乎都要颤两颤。

“那我就杀了他！”沈锁锁毫不迟疑地道。

“那么你呢？”

“我怎么会泄露他的秘密？”沈锁锁凄然而又坚决，“我死也不会做对他不利的事！”

“呵呵呵……”黑衣人如夜枭般笑了起来，“那么请发个誓吧！发誓守护这个秘密！”

“好，我发誓，倘若有人从楚疏言和沈锁锁口中得知……”

她的话还没说完，楚疏言叫道：“别说！他在诓你！那人怎么会让杀手知道自己的事情？你也别相信他，尽堂的人，除了赶尽杀绝，什么也不会做！你快走！”

“楚公子这般夸奖尽堂，在下真是愧不敢当。”黑衣人那刺耳的声音再一次响起，“我们杀人是为了什么？还不是为了银子？相信有这么一只锁，够我拿回三倍的银子。哈哈哈……”他走到沈锁锁面前，轻轻托起她的下巴，“多谢你了，沈姑娘！我和那人做了这么久的生意，今天终于知道他在这世上原来还有牵绊，嘿嘿嘿……”

他笑了几声，略一挥手，带着两名手下，消失在夜色中。

如水月色下，只剩楚疏言和沈锁锁。

沈锁锁望着那黑衣人离去的方向，神情凄切而彷徨，她不知道自己做的是对是错。

她恨自己！讨厌自己！

她口口声声说自己不会做对不起那个人的事，可是，她居然要救他要杀的人，这，还不算对不起吗？

可是，看着楚疏言抱着盒子走出相思筑的背影，她就有说不出的难过，心都绞了起来！

楚疏言无力地躺在地上，道：“要是后悔，现在还来得及。”

这个时候楚疏言还说这种话，正触到她的气头上，她冷冷道：“何苦说这些便宜话？走出相思筑的时候说得那样好听，到了这里还不是负隅顽抗，还不是怕死！”

“我是怕死。”楚疏言居然默认了，干脆全身放松，躺在了地上。

傍晚才停的雨，空气中弥漫着草木湿润的香气，连土壤都有股清凉的芬芳。他就那么躺着，仰望星空，缓缓道：“我还没有报答父母的养育之恩，还没有成家立业，甚至还没有找到自己喜欢的人……按你的话说，我还没有找到自己的红线，就这么死了，这样的人生，不是太浪费了吗？”

“那你干吗乖乖地来这里？”沈锁锁失态地抓住他的衣襟，“我真希望可以下得了手，真希望可以杀了你！你是个伪君子，你干脆叫上莫行南，你们力战不敌，终于死去，我也不用过来！可你居然就自己一个人来了！你明知来了就是送死，你还是来了！你——”她的眼泪流了下来，“你逼我做了这辈子最不愿做的事！我恨你！”

她恨恨地松开他，流着泪，跑开去。

直到第二天早上，起来开门的小道士才发现倒在血泊中的楚疏言，连忙把他送到了相思筑。

这已经是楚公子第三次浑身鲜血地出现在人们面前了，一心嫁女的人家顿时少了一半——种种关于楚公子得罪了可怕江湖组织、血光照命的传言，很快在安郡城中传开了。

连相思筑都沾上了血腥色彩，沈锁锁的生意，冷清了大半。

相思筑主人决定送客。

药方一张，摆在楚疏言和莫行南面前。

“这些天，你们两位汤药不断。莫大侠吃了两帖，楚公子嘛，算起来已经四十二帖。这张方子三十两一服，总共一千三百二十两银子。

“再加上两位在相思筑的吃穿用度，每人每天按五两银子算，总共一百四十两。”

“另外，因为两位的缘故，害我相思筑信誉大跌，须得赔偿我损失，五百两。

“还有月老祠里那些被砸坏的桌椅灯烛，作价二百两。由我代收。”

“……”

“好。”

楚疏言一口答应，把莫行南吓了一跳："不是吧？你被人家当猪宰了，知不知道？"

"应该的。"楚疏言脸上淡淡的，瞧不出什么表情，"沈姑娘救命之恩，无以为报。待我回到家中，一定奉上。"

沈锁锁翻白眼："你人都走了，我到哪里去拿银子？"

楚疏言想了一想："也罢。我将这个押在这里。"

那是一枚玉佩。上面刻着一个小篆，是个"楚"字。

别人还没说话，莫行南先跳了起来："书呆子！你真的呆了吗？这是你的印章，你怎么能把这个给别人？"

"这是我家传的东西，从来不敢离身。"楚疏言将玉佩交到沈锁锁手里，"拿着它，姑娘可以亲自到邻县的楚记钱庄提现银，若是不愿奔劳，就等我派人把银子送过来。"

沈锁锁握着那枚玉佩，点点头："既然你有这样的诚意，我哪里还敢不信？好吧，时候不早，我也不虚留二位。二位慢走，不送。"

她还真不客气，说完不送，自己就坐到一旁绣荷包去了。

"我真搞不懂你，莫非血流得太多，把脑子弄坏了吗？"

一路上，莫行南忍不住叽叽歪歪。那块玉对楚疏言的重要性，再也没有人比他更清楚了。楚家三兄弟一人一枚，老大是行书，老二是草书，老三是篆书，凭这枚玉佩，可以在楚记钱庄任意一家提取现银，只要不超过三人分内之数，有求必应。

楚疏言却只是淡淡道："等银子一到手，她不就还回来了？"

"万一她不还呢？那丫头已经钻到钱眼里去了——还有啊，你说她到底是什么身份呢？为什么要易容？还有尽堂是怎么回事？为什么我们出来没见人追？”

啊！莫行南的问题太多了！怎么到今天才发现自己一点儿也不了解身边这个人呢？好像什么东西他都清楚，自己却在云里雾里，什么都不明白。

“尽堂搞错了。”

“搞错了？”莫行南简直要从马背上跌下来，“这种事情，也能搞错？”

“嗯。”

楚家公子似乎完全没有聊天的兴致，一任马儿轻纵。

今天天气很好，晴空万里，烈日炎炎，楚疏言忽然勒住马，问：“一连下了这些天的雨，今天是头一个晴天吧？”

“啊？”莫行南有点儿摸不着头脑，“好像是吧！有什么事？”

“走马观花啊……”楚疏言想到她说定的那门亲事，嘴角忍不住露出一丝笑意。

莫行南看着好友，脸色都绿了：“我说楚疏言，你到底在搞什么？以前只是呆头呆脑，现在怎么变得神经兮兮？”

“没事。”他说。说完又想起，那晚，她要他说这句话。

相处还不到一个月，为什么生活里好像处处渗进了她的影子？

可是，终究要别离啊！

莫行南再也无法忍受好友莫名其妙、忽阴忽晴的脸色，叫道：“我受不了你啦！反正尽堂已经不找你麻烦，我也要找自己的乐子去！再跟着你在一起，我的脑子也要坏掉啦！”

说完，他一扬鞭，上了另一条岔路。

楚疏言不以为忤。这就是莫行南，他的决定，从来都比想法来得快。

就这样停停走走，半个月后，到得洛阳。

他在家的日子不多，但人和气温柔，全家上下最疼这位三公子。母亲听得下人来报，更是接出了二门，搂住儿子，欢喜不尽。

大哥和二哥都忙于生意，听见三弟回来，都抽出时间前来厮见。父亲倒还健朗，难得祖母最近精神不错，合家上下，吃了顿团圆饭。

回来这些日子，闲适无比。一天下午，他正在书房里看书，母亲房里的丫鬟忽然笑嘻嘻地跑来，道："恭喜三少爷！贺喜三少爷！"

楚疏言讶然："喜从何来？"

"今天府里来了位客人，三少爷可知道是谁？"

"谁？"

"是洛阳城最有名的媒婆，刑妈妈呀！"丫鬟笑着说，"专门给你说亲来了！"

楚疏言摇头笑。近来与母亲通信，母亲也总提这件事。理由是他年过弱冠，还是孤身一人，不合规矩。他一直以"找个看得上的姑娘才能成亲"为理由把母亲搪塞过去。没想到才回来几天，母亲就张罗开了。

刑妈妈？媒婆？

哦，不，他已经有过一次"相亲"的经历了，那经历已经让他对这种场合再也提不起一丝兴趣。

他挥挥手让丫鬟离开，接着去看他的书，可是看着看着，密密麻麻的字，忽然变成了沈锁锁坐在厅上对着一干人侃侃而谈的样子。想她收钱的模样，脸上洋溢着饱足和满意的神情，更兼舌灿莲花，长袖善舞……是不是所有做媒的人，都是这样的？

他想了想，搁下书，穿过游廊，到了左首耳房。房间壁上有个指头大的窟窿，那是他们兄弟小时候为了偷听父母待客说话挖出来的。

刑妈妈四十来岁，风韵犹存，打扮得也算光鲜，只是脸上的脂粉盖得太厚，胭脂又涂得太浓，一连说了三五户人家的千金，个个夸得天花乱坠，什么“心地善良，一向跟着老太太吃斋念佛，连只蚂蚁也不敢踩”。

楚疏言听了好笑，很奇怪，沈锁锁说起人的好来，也是夸张得很，可是，为什么听起来却很舒服呢？

楚夫人听了，皱眉：“她不沾荤腥吗？我家言儿是不吃斋的。”

她不知道自己的儿子已经在相思筑里吃了近一个月的斋了——沈锁锁一向恨不得把一个钱作两个花，顿顿只吃萝卜青菜。

现在想想，只吃青菜萝卜的日子，仿佛也没那么难过。

只听刑妈妈连忙解释：“不是，不是。她只逢初一十五吃斋。”

楚夫人这才点点头：“这还差不多。那位张家姑娘呢？”

刑妈妈便又娓娓道来，说话时候，脸上神情变换。扬眉、抬眼、欢欣、轻憾……无不极到位，恰似一场小小戏剧，和着嘴里说的话，楚疏言竟听住了。

他记得沈锁锁说话也是这个样子。尽管曾经易容，可那易容术真不是普通的高妙，半点儿也不妨碍她的表情。她总是又说又笑，声音又清又脆，说话的速度又快，真是“大珠小珠落玉盘”，那份柔脆可爱，实是语言难以形容。

不知过了多久，刑妈妈告辞而去。楚疏言看着她的背影，忍不住怅然若失。

晚间，楚夫人便同儿子说起这件事，她说得兴高采烈，楚疏言听着，只一味点头，楚夫人也不知儿子到底有没有听进去。不过第二天一早，她没在书房找到儿子，楚疏言清晨出门，到晚饭时分才回来。

楚夫人连忙把跟着楚疏言的小厮叫来，问："少爷都去了哪里？"

"去了刑妈妈家。"小厮答。

楚夫人登时心花怒放："他去了刑媒婆家？怎样？有没有相中哪一个？"

"小的不知道。"小厮据实以答，"少爷就坐在旁边，一坐就是一整天。"

"糊涂东西！哪能呆坐的？总说了什么、问了什么吧？"

"哦，有有有。少爷问刑妈妈辛不辛苦，累不累，还给刑妈妈倒茶来着。"

楚夫人呆了呆："就这样？"

"还问刑妈妈什么时候开始说媒，当时多大……"小厮费力地思索，最后摊了摊手，"就这些，没了。"

"没了？"楚夫人只觉不可思议，她那乖巧和顺的好言儿啊，怎么会特意跑去同刑妈妈套近乎？要套也就套吧，兴许是他想找门好妻室——那真是谢天谢地！可他旁的一句也没说，就问这些事情……天哪！难道言儿喜欢的是刑妈妈这种浓艳妇人？

不，不可能，绝对不可能！

楚夫人简直要被自己的念头吓住了！

“那……那少爷回来的这些天，都去做什么了？”

“少爷回来第二天去了趟钱庄，提了一笔银子出去。第三天到‘适衣居’订了两套衣服，然后就是在家读书写字了……”小厮低头一一回想，“还有今天去刑妈妈那里……”

“他提了多少银子？做了什么衣服？男人的还是女人的？”

“多少银子小的不清楚，少爷让掌柜安排人手送往安郡，说是给他的恩人。衣裳是少爷自己的。”

楚夫人总算松了口气。

可是翌日清晨再去找儿子，又不见了踪影！

一定有问题！

楚夫人立刻让人备轿，去找刑媒婆。

楚疏言正同刑妈妈聊天。

刑妈妈真是爱煞了这位少年公子。长得又俊俏，脾性又温柔，今天来找她，甚至还特意上春满楼买了蟹黄包子！

“我要再年轻个二十岁，一定拼了命也要嫁给你！”说完她又咯咯笑，“现在已是人老珠黄，楚公子再这样照看，我已经受不起喽！”

楚疏言微微一笑：“妈妈年少时候，就没有碰到合意的人吗？怎么到了今日，还是一个人？”

“唉！我从十三岁起就跟了师父——我师父可是京城里一等一的媒婆啊！想我当年，也有几分姿色，也有人来相看。女人成亲，为的不过是个依靠，可是男子稍有些本钱，心思便变得快。没有本钱，我又何苦去倒贴他？现在年纪越大，倒也越看得开，等我老了，好好带一个徒弟，再不然，雇几个下人好生照看我就是了——只要有钱，还愁什么呢？当初跟着我师父，原本就是想混口饭，如今已经遂愿，还多求什么呢？无儿无女，虽然冷清，却也清静！”

嘴上虽然这么说，脸上却不由得有几分伤感。

楚疏言悄然递了一杯茶给她，她笑笑接过，道：“你是个好人——跟我认识的许多人不一样！不知哪户人家的姑娘有福气嫁给你！”

楚疏言低声问：“若是二十年前，有我这样的一个人，你真会嫁吗？”

他的声音低而轻滞，滞涩里头偏带着一股若有若无的清浅温柔。阅人无数的刑妈妈一下子给他弄糊涂了。

一个男人，用这样的语气，问这样的一句话，无论哪一个女人听到都要误会吧？可她年纪已经一大把，这一点是决计不可能了。刑妈妈心念一转，已然明了：“楚公子，你可是有了心爱的姑娘？”

“啊？”楚疏言猛地连连摇头，“没有，没有。”

“那你怎么总问我这些事？”刑妈妈看着他，那眼神里是沉淀了几十年的智慧——她在这儿女情场当了多少年的旁观者？有谁能瞒得过她？她微笑一下，道：“你看上的那个人，不会也是我们这一行的吧？”

不然这样一名公子哥，一不说媒，二不求亲，净问她这些事情做什么？

楚疏言不得不佩服作为女人、作为媒婆，刑妈妈对情之一事的洞察能力，但他仍然解释：“她不是我的心上人……只是我的救命恩人。何况……何况，她早有心上人。”

哦。刑妈妈了然。

小丫鬟忽然来报：“楚家夫人来啦！”

楚夫人走了进来，脸上有些僵硬。刑妈妈一看便知她心中猜想，忙道：“夫人来得正好！我正跟少爷说陈家姑娘的事，夫人一并来听听？”

楚夫人的脸色这才缓和下来，跟着刑妈妈聊开了，楚疏言默然坐一旁，心中想的，却是沈锁锁。

心上人？

救命恩人？

他的确时时想起她，想起那个，有些狡黠、有些聪明、有些心事的女孩子。

想起她说话时的样子。

想起在月老祠中，她的手扶着他的臂，给他力量刺出那一剑。

那时她的发丝掠过他的鼻尖，幽微的香气，酥麻的触感……当时生死攸关，他却如此清晰地感觉到那一刻的奇异悸动。

还有她溅上了鲜血的脸……脸上的恐惧……

当剑光割下她的一缕发丝，他忽然觉得杀人不再可怕，可怕的是她受到伤害。

这是对一个女子的动心吗？

还是，仅仅因为想报答她的恩情？

然而想到她拿着七宝锁来救他的那一夜，她口口声声讨厌他，恨他……他苦涩地笑了。

如果说报恩，区区一千两银子，怎么够谢她救命之恩？

甚至连累她与自己的心上人作对……那种感觉，一定很痛苦吧？

所以她说恨他！

如果，如果他死在了那一夜，也许，她就不会恨他了吧？

他愿意把命还她，但当她喊“住手”的那一刻，他是欢喜的，欢喜得整个人好像要发出光来……

“……言儿，言儿！”

母亲的声音把他从沉思中唤醒，他抬头，微笑。

“想什么呢，那么入神？”

“没什么，在想一个阵法。”

“阵法，阵法，就知道阵法。你又不去行军打仗，想什么阵法？还是跟着你哥哥学做生意是正经。时候不早了，我们回家去吧。刑妈妈说了，明天陈家姑娘要去赏花，你也去吧！我听着这姑娘倒挺好，你自己说呢？”

“哦，还好吧。”

“嗯，那就好。”母亲满意了，带着儿子回家去，路上又交代，“明天穿两件颜色鲜艳些的衣裳。你看看这是什么布料？你不是最爱透月蜀锦吗？什么时候穿起棉布来了？样式也简单了一些，你不是去做了两套衣裳？明天记得穿上。”

楚疏言应着，心里却想，如果母亲看到另外两套，只怕就不会说这句话了。

因为，那两套和这一套，无论款式、布料、颜色，都是一模一样的。

楚夫人一早便起来梳妆打扮，准备陪儿子去相亲。

可已经到了辰时，楚疏言还不见动静，正当她准备亲自过来找儿子的时候，忽见楚疏言的小厮四儿拿着一封信疾步走来。

不好！

一看到信，楚夫人就有不好的预感。

果然。信上洋洋洒洒地说了一套有违母命的自责话——这个儿子，写这些书面文章再厉害不过，只有最后几句说得正经，言明要去安郡，到一处极灵验的红线铺求自己的姻缘。

楚夫人感慨地合上信。

嗯，不幸中的大幸，儿子这次离家，也知道去问自己的姻缘。

第五章

海市，蜃楼，你

H O N G X I A N Y I N

相思筑的生意，最近不太好。

楚记钱庄的三公子选妻的事件虎头蛇尾，无疾而终，弄得安郡待嫁少女个个都如被戏弄。更糟糕的是，对于楚少爷那三次血淋淋的亮相，更有人抱以“那根本就不是楚记的少爷”的想法，一顶“与江湖人物厮混，还找人假冒楚少爷诈骗钱财”的大帽子扣在了沈锁锁头上，把她几乎郁闷死。

都怪那个楚疏言，好死不死，干吗趴到她门前？

自己也可恨，又不是闲着没事干，干吗要救他？更可恨的是，救了一次不算，还把七宝锁搭进去，甚至得罪了这世上唯一珍爱自己的人。

可恨，可恨！

心情糟糕，剪刀下去得又狠又快，黄妈看着那几块原本要裁荷包的缎子给剪得七零八落，忍不住提醒：“小姐，再剪下去，做香囊都嫌小了。”

“还做什么做？”沈锁锁火大地搁下剪刀，“又没有人来买，做那么多干什么？”

黄妈连忙道：“天热，人心里就容易烦。小姐，我在井里镇了绿豆汤，要不要端来？”

“喝什么绿豆汤？”沈锁锁没好气，“你什么时候买的绿豆？买了多少？花了多少钱？”

“这豆子，是三老爷种的。”

一听这话，沈锁锁烦躁张扬的脸色消退了不少：“什么时候拿来的？”

“大前天我去送银子，三老爷给的。那边人多嘴多，我也没多拿。我原说不要的，可三老爷一定要我带给你，说让你尝尝。”

“端来吧。”沈锁锁一下子就心酸起来，“三叔还好吗？”

“三老爷还好，他原本就是个爱清静的人。倒是二老爷病又重了，幸亏咱们送的银子及时，不然……唉！”黄妈叹了口气，把绿豆汤端了来。

沈锁锁尝了一口，眼泪就掉了下来。推说不舒服，到门外去走走。

已经入夏，门外骄阳似火，遍地发白，片刻头皮便晒得发麻，她走到月老祠前的大榕树底下坐下来，忽然想起，这是楚疏言那夜躺过的地方。

她甚至还记得他躺着的姿势……那个时候，他已经没有力气站起来吧……

呸呸呸！

她连忙驱赶突然间冒上来的同情心，顺便鄙视一下自己。

快到六月了，天热得不行，她不愿意想一些让自己不快的事，想了想，去月老祠找小道士聊天。

月老祠的香堂始终没有恢复原貌——这又是沈锁锁遇人不淑、救人不慎的一个铁证。好在除玄深道长，几个小道士都不跟她计较这些。香堂开阔，四周通风，十分凉快，沈锁锁坐着都不愿离开了。

她不想走，黄妈却找上门来。

小道士只见黄妈在她耳边嘀咕了一句什么话，方才还懒洋洋快要睡着的沈锁锁，眼中忽然精光四射，立刻跳了起来，跟黄妈去了。

这世上，还有什么比银子更让人兴奋？

尤其是一大堆、一大堆、一大堆码得整整齐齐的元宝！

沈锁锁只觉得相思筑从来没有这样光鲜过，案上摆着满满的元宝，地上还有满满的两箱！她顿时笑得比花娇、比蜜甜，向那个五十岁出头的男子道：“大哥，你也太客气啦！做什么媒要这么多钱？难不成你想娶公主？”

“姑娘说笑了。”那男子不苟言笑，躬身道，“在下从洛阳来。奉三少爷之命，将这些银子带给姑娘。”

“楚疏言？”

黄妈在旁边小声道：“怎么这么多？当初说定的好像没有这么多——”

话还没说完，便被沈锁锁以杀人的目光瞪回去，望向男子的时候，脸上立刻换上笑容：“那真是辛苦大哥啦！快坐，请喝茶。”

“谢姑娘。只是在下还要赶回洛阳，以免三少爷担心。这里总共纹银五千两，请姑娘过目。”

“五千两！”沈锁锁叫了出来，喜色立刻盈上眉梢，拿起桌上一只元宝，一咬，啧，成色一流！

“姑娘如果满意的话，在下要告辞了。”这名掌柜办事效率不是一般的高，几句话的工夫把事情交代清楚，等沈锁锁从满目的银光中回过神来，他已经走了。

“快关门！”沈锁锁急忙道，“天哪！五千两，让人看见强盗都坐不住了！黄妈，咱们快把这些抬到后面去——这些天，你要多跑几趟了，把这些都送到大院去！”

费了半天劲，才把这些银子搞定，累得浑身是汗的沈锁锁欢畅地舒了口气，道：“黄妈！我们发财了！今天要好好吃一顿！我要吃乳鸽！还要吃西瓜！啊，西瓜现在就去买，放在井里镇着，晚上就可以吃了——黄妈，呜，我的口水都要流下来了！”

夏夜的天空，星辰灿烂，凉风习习。

竹床摆在星空之下，人坐在竹床之上。

沈锁锁刚刚洗完澡，换上一件单薄的凉衣，头发还没有干，松松歪歪地辫了条长长的辫子，人就那么歪歪斜斜地半躺在竹床上。

黄妈切了西瓜出来，看到她这副模样，忍不住道：“十六小姐，你看看你的样子！”

“又来了，又来了！说了不许叫！”沈锁锁抢过一块西瓜，“何况，这里就我们两个人，还谈什么起、立、行、坐？我早已不是千金大小姐，讲究那些东西干什么——来，黄妈，你也吃！”她拿了一块西瓜放到黄妈手里，道，“一边乘凉，一边吃瓜，我已经好久没过过这样的日子了！只可惜没有冰——哎，井水镇的瓜也很好吃啊！”

黄妈有些黯然地低下了头，是啊！谁能想到，当时非冰镇瓜果不吃的十六小姐，今天居然为吃到一个西瓜而高兴成这个样子？

“好了，黄妈，今天我们得了那么多银子，应该高兴才是啊！

别想那些难过的事！”沈锁锁吃完一块，仰首躺下，一条腿忍不住翘了起来。黄妈也由着她，不再去纠正这“不雅”的睡姿。

“嗯，真的，真的，很舒服啊！”沈锁锁发出一声满足的感慨，闭上了眼睛，忽然手上一痒，被蚊子咬了一口，“哦！就是蚊子太多了点儿！黄妈，帮我问玄深道长要点儿艾香来吧？那东西驱蚊真管用呢！”

想了想，又道：“别忘了带银子去！每次见到我，他都有的没的说一堆香堂如何如何……给他一百两吧！足够了！”

黄妈答应着去了。

一时凉风习习，如同羽毛轻轻拂在身上，又酥又麻，她舒服得快要睡着了。

迷迷糊糊中，她听到黄妈回来了。

楚疏言来到相思筑的时候，星子已经爬上天空。

相思筑的门没有关，风中带来西瓜的清甜香气，他一路在似火骄阳下快马加鞭，焦渴难耐，忽然间闻得这样一股香气，忍不住抬脚走进后院。

然后顿住。

在问武院的求学岁月，为了提升学生的修为，夫子们往往会列出许多试炼的题目。有一次，教授阵法的徐夫子把十几名学生带到极北的荒漠，去破一个阵法。那里炎热无比，遍地黄沙，白日，沙尘粒粒滚烫非常，晚上，又十分寒冷。他是当中最小的一个，三天后，干粮吃完了，水袋也扁了，他又饥又渴，又累又倦，拼命保住最后一点儿清明，终于走到阵外，然后，看到了一个明亮温暖的湖泊，静谧地躺在面前。

那一刻，他高兴极了！那真是重生的喜悦，他立刻扑上去，却扑进了沙子里。后来夫子告诉他，那不过是海市蜃楼。

那是他唯一一次，看到那么美丽又那么不真实的东西。

时光倥偬，此时此刻，年少时候那美丽而虚幻的湖泊，仿佛又到了眼前。

他看到她斜躺在竹床之上，枕着自己的手臂，安然而睡。长长的发辫横过她的面颊，软软地垂下来。素白的薄衣浅浅地覆在她身上，只余一双净白纤秀的足。她就这样静静地卧在外面。

说不出来心里那一刻的喜悦和轻松，只觉得那么不真实，千里迢迢地跑来了，见到了，反倒像在梦中。

“黄妈……”她迷迷糊糊地唤，“艾香拿来了吗？蚊子很多呢……”

他不敢惊动她，生怕她一旦睁开眼，这样安宁美好的一切便化作海市蜃楼，归于虚幻。

拿起一旁的蒲扇，轻轻地替她打扇，驱赶蚊虫。

她安然地睡去了。眉目低垂，柔风轻拂。这一刻她安详甜美如同婴儿。

只盼望她能这样睡下去……一直睡下去……没有惨遭流放的困扰，没有银钱的忧心，她只是个年轻的女孩子，就该安静地睡去，然后甜美地醒来。穿最漂亮的衣服，吃最好吃的东西，做最喜欢做的事……可以去赏花，可以去泛舟，可以去放风筝、扑蝶……

蓦然间眼眶酸涩，似有泪意。

心上人？

恩人？

此时此刻，一切答案都已明了。

他的心事，在这睡去的人儿面前袒露无遗。

原来千里奔劳，只为见她一面。

黄妈站在门后，握着艾香的手，忍不住轻轻颤抖。

一看到门外的马匹，黄妈的心里就一跳——这多半，是楚公子的。

或许并不是她料到，而是她太希望楚疏言能够回来找小姐，强烈的愿望，随时随地都要跑出来找可能实现的机会。

居然……真的是他。

这温和恭顺的少年公子，看到小姐时，眼中便有玉样光泽闪烁，即使小姐看不出来，哪能瞒过她这双见惯世情的老眼？

小姐几乎是黄妈一手带大的，身份上是主仆，心底，黄妈却早已把沈锁锁当作自己的女儿，苦苦巴望着她能有个好归属。

黄妈小心翼翼地躲在门后，心满意足地看着楚疏言替沈锁锁打扇，停了停，她来到门外，打算把马牵到外面去喂一喂，哪知她的手还没碰到缰绳，那匹马便嘶叫起来。黄妈暗骂这畜生不懂事。果然，楚疏言很快出来了，见到她，脸上蓦然有些发红："黄、黄妈……"

"哟，是楚公子啊！"黄妈眉开眼笑，"这马是你的？"

她故意这样问，要是这脸皮极薄的公子哥知道自己看到他给小姐打扇，一定要把脸烧煳了。

"门、门没关，所以我就……"他像是解释，又像是道歉，末了长揖到地，"请恕在下不问而入之罪。"

"哪有什么罪不罪啊？天色也不早了，公子就在这里歇下吧！"

“不用，不用。”莫名地，楚疏言只觉得脸上发烧，黄妈带着笑意的眼睛总给他一种无所遁形的错觉，“上次伤重，劳烦你和沈姑娘，已经过意不去。我待会儿找间客栈住下便是。”

“也好。”黄妈极好说话，“这里总不如客栈舒适。”

说话间，楚疏言已经上了马，走出两步，又回来，道：“劳烦知会沈姑娘一声，就说我明日一早，前来拜会。”说完，顿了一顿，低声道：“还有……还有，希望黄妈莫要告诉她，我今晚来过。”

“老妇人遵命。”黄妈笑眯眯地说。

楚疏言忽然觉得这个笑容无比熟悉，怎么那么像沈锁锁笑起来的样子呢？

大约他真的是前些时候伤势太重，脑子只怕有些问题了——觉得洛阳的刑妈妈说话的样子像她也就罢了，怎么连黄妈也像起她来了？

真是个大晴天。

六月里的太阳骄猛似火，照得客栈外的一棵榕树叶子透出玉光，看得人赏心悦目。

楚疏言起了个大早，神清气爽地往相思筑去。

走到一半才想起应该买些礼物——不然怎叫拜访？

于是，楚公子先到银楼，买了翡翠镯子和一对镶红宝石的耳环——母亲收到这样的礼物最开心，也许女人都一样吧？

然后又买了两大包彩线，以及三匹软缎——相思筑里的荷包、手帕、扇坠都要用这些的吧？

嗯，还要再买一些东西给黄妈——想到昨晚黄妈的笑脸，他的心，就不由自主地发虚。

于是，到达相思筑的时候，楚疏言身后还跟着两个专门帮着捧东西的伙计。

相思筑大门洞开，月老像前的檀香袅袅升腾，这香味，令人的心里自然生出一分阴凉。

一站到门口，想到那个人就在里面，无由地，心头觉得温暖而欢畅。他没见着人，不敢造次，咳嗽了一声："请问，主人在吗？"

正在偏堂做手工的沈锁锁听到这声音，针尖蓦地一歪，直刺到指尖上，殷红的血珠冒了出来。

黄妈笑道："来了，来了。"

"他还真敢来！"沈锁锁吮着可怜的指尖，心里充满极复杂的情绪，走了出来。

楚疏言见到那淡青色的人影一出现，连忙低头抱拳："沈姑娘。"

"嗯。"沈锁锁不冷不热地哼了一声，打量他。

这个累她得罪人的楚疏言，这个累她做不成生意的楚疏言，这个累她蒙上冤屈和骂名的楚疏言，这个累她讨厌自己的楚疏言……一身清清爽爽地站在门外，阳光洒在他身上，整个人清朗如玉。

这样的人，真的很难让人心生反感。

何况他身后的人还捧着那大大小小的礼盒，何况昨天他还派人送来五千两白花花的银子……

"进来吧。"沈锁锁总算说服自己把他当客人对待了。

于是楚疏言便登堂入室，将礼物放到一旁，在椅子上坐下了。

黄妈前来上茶。他便专心致志托起茶杯，以茶盖撇开面上的浮沫，文文气气地喝了一口。

“这不过是二十文一斤的粗茶，不用这么品。”沈锁锁又忍不住冷嘲热讽，“昨天你的人已经把银子送到了，超出数目甚多，你这份心意，我领了。”说着，“啪”的一声，她把他当日留下的玉佩放到了桌上，“喏，不是我私自扣下，是你的人来也匆匆去也匆匆，忘了拿了。”

楚疏言接过玉佩，满腔的欢喜尽化作失落。

虽然知道她对他，不会有好脸色，可是真对着她这样冷冰冰的模样，心里还是有说不出的难过。

看着他的脸色暗下来，黄妈连忙帮腔：“我看楚公子来，不是为这枚玉佩呢！楚公子，是不是？”

“哦，我是……我是来买红线的。”

“我的红线都是月老赐过福的，要一两银子一根。”

“嗯，嗯。”

他掏出一两银子。

沈锁锁取来一根红线。

屋子里出奇地安静。

热心的黄妈又来帮忙：“啊，楚公子，天色已经不早了，吃过午饭再走吧？”

楚疏言还来不及说好，沈锁锁已道：“楚公子这样的贵客，我们哪里款待得起？楚公子若是无事的话，恕我这小店事忙，不能奉陪了。”

她说着，居然半点儿面子也不给，站起来就走了。

黄妈“唉”了一声，无奈地送了客，随后找到沈锁锁，叹道：“小姐，容我说句公道话。一、几次救楚公子，都是小姐自愿的，公子并没有求你。二、五千两银子，也够我们辛辛苦苦赚上好些年，就算小姐当是他报恩，不念他的情，也要想想我们得到的好处，既然有了好处，何苦又要给人脸色看？”

一席话，说得沈锁锁无语，半晌，皱眉道：“我也不知道为什么就讨厌他。一看到他，就觉心烦意乱，浑身燥热得很。唉，唉，我跟他不过萍水相逢，干吗要为他做那么多事？而且除了五千两银子，根本没拿到什么好处。不仅没好处，你看看，生意差了多少！唉唉唉，烦死了烦死了！”

“可是小姐，银子，不就是最大的好处吗？不就是你最想得到的东西吗？除了银子，你还想要什么？”

还想要什么？

这句话，“咚”的一声砸进沈锁锁的心里。

是啊！她还要什么？五千两，已经超出她原本想要的数目了！当时救楚疏言，不就是为了在他身上发一笔财吗？现在赚到的不知比预期的多多少倍，怎么，怎么还这么不甘不愿，还这么讨厌他呢？

她又烦又乱，针尖又不知往哪里戳，无辜的手指再一次受伤，她“啊”的一声痛呼，干脆搁下了针线，道：“就算是我的不是吧！可他的人已经走了，玉佩也拿走了，总之再也不会来了！你跟我说这些，难道是要我追出去跟他赔不是吗？好了，这事就算过去了！我救他一命，他送我两箱银子，我跟他之间，已经两不相欠。天南地北，这辈子都不会见面——拜托你，以后不要在我面前提起他的名字！”

说完这些话，只觉得五内如沸，宛然便似月老祠香堂中，他让她快走的那一刻，胸中仿佛有什么在澎湃翻滚，如有火舌在轻舔。

她下意识地捂住了胸膛，好像那里真的被火烧疼了一样。

楚疏言怅然地离开相思筑。

阳光依旧盛烈，风中依旧有草木的芳香，然而他再也觉不出阳光把绿叶照得玉一样透明，也不再觉得风拂在脸上如春天般柔和，他微皱着眉，穿梭在安郡的街道上，四下里叫卖声此起彼伏，热闹非常，然而这热闹无法进入他的内心，他只觉得丝丝的凉意笼罩着整个身心。

凄凉。

很凄凉。

也许这一趟，原本就不该来。

明明知道她已经有心上人，明明知道她对自己只有厌恶……为什么还要来？这样自取其辱。

楚疏言抚着那根红线，陷于浓浓的失落里，居然没有听到有人叫他，待他发觉，一个淡红衣衫的女子已走到了他面前，眉眼含羞，容光却明亮，她低声道："没想到楚公子还会来安郡！"

"啊？"楚疏言有些诧异，他好像并不认识她，"这位姑娘……"

"我、我叫程佳瑶。"女子满面娇羞地道，"楚公子，我知道你是真的。虽然别人都说你假冒楚记钱庄的少爷，可是，我是相信你的！你不会骗人的！沈姑娘当然也不会！虽然他们都那样说你们，可是、可是我始终相信你是好人！"

她说完，呼吸急促得难以自制。这一番话，已经用光了一个女孩家的所有勇气和矜持。

楚疏言却从话里听出了另一个重点："别人说什么？说沈姑娘

骗人？”

“他们说你是沈姑娘请来假扮楚家少爷的，楚公子，你别听那些人的……”

程佳瑶还想多说几句，身旁的妇人已经道：“二妹，快走吧，朱大小姐的吉时快到了，你还要赶去送嫁呢！”说着狐疑地看了楚疏言一眼。很显然，她也是“那些人”中的一个。

朱大小姐与未来相公是沈锁锁保的媒，因此，在这流言四起的时刻，沈锁锁还是接到了朱小姐的邀请，出席她今日的喜宴。

沈锁锁虽然心情不好，朱小姐的面子也不好驳。她也没什么好打扮的，重新梳了一下头发便要出门，黄妈却拿来耳环和手镯，道：“人家的喜宴，总不能太穷酸，戴上吧。”

“哪里来的？”沈锁锁问完便后悔，肯定是楚疏言那一堆礼物里的。“我不戴。”她说着就往外走，顺便交代，“回头你把这些东西当了，换成银子。”

什么珠宝首饰，都不如银子。

到朱家的时候，宾客已然如云。朱员外与夫人正在门口迎客，见了她，连忙迎进来，安排了座位。一坐下，便觉出周围有人暗暗指点，沈锁锁故意挺直了背脊，泰然自若地吃着席面上的瓜果冷盘。

这天不是正经日子，只是女方宴请四周亲戚街坊，明天的这个时候，花轿才上门来接新娘子。

这顿席面，便是安郡风俗，送嫁席。

很快便开了席，那些人看沈锁锁的眼神极为复杂。如果是平时，沈锁锁也许要跟朱夫人和朱小姐热络一下给旁人看，以示相思筑牵线拉媒，光明正大，硕果累累。可是今天心情太糟糕，她只想化郁闷为食量，大吃一顿。

就在她吃得十分投入的工夫，忽然有人唱喏：“洛阳楚三公子恭喜朱姑娘得配佳婿，福泽绵长。”

大家都呆了一呆。今天这种家常席面，来的都是街坊邻居，彼此大多熟识，因此并没有专人在门口唱喏。

而这一声喏，唱得中气充沛，场面虽然喧闹，每个人却都听得清清楚楚。大家也认出来了，唱喏的是安郡第一酒楼的跑堂，那是出了名的金喉咙，老板费了两倍的工钱请他。

他说完这么一句，便略一低头，让身后的几名捧着礼盒的人进门，一面道：

“楚公子祝朱小姐与夫婿白头偕老，送云花雪锦一幅。

“楚公子祝朱小姐与夫婿早生贵子，送枣木雕花妆奁一具。

“楚公子祝朱小姐与夫婿百年好合，送碧玉如意一柄。

“楚公子祝朱小姐与夫婿富贵美满，送富贵翡翠金竹一尊。

“……”

待他唱完，礼盒已在朱氏夫妇面前高高堆起，最后进来一名温文尔雅的少年公子，向主人微微一揖，笑道：“在下洛阳楚疏言，表礼微薄，还望员外恕在下无礼叨扰之过。”

礼盒已经堆得半人高，哪里还会无礼？何况洛阳钱庄，天下知名，楚疏言一到，朱员外更觉得面上有光，连忙请楚疏言入上座，楚疏言却道：“我在安郡有位朋友，此时想和熟人同席，不知可否？”

朱员外焉有不知，连忙道：“可是沈姑娘？”

“不错，正是相思筑沈姑娘。沈姑娘于我有救命之恩，在下已将婚姻大事托付，此时恳盼能够移席候教。”

沈锁锁当时正拎着一只鸡翅准备往嘴里送，怔怔地看着他走进门来，怔怔地看着他说这些话，怔怔地看着一把椅子放在身边，怔怔地看着他翩然入席。她自然明白他的意思——这样一来，有关她欺诈钱财的流言不攻自破，而且明天，相思筑的大门，就要被挤爆。

只是，只是，他为什么要这么做？

她对他全然没有半点儿好脸色，他为什么还要帮她的忙？

救他一次，得银五千，恩情已了啊！

“你这鸡翅到底吃不吃？”

他在她身旁坐下，第一句话却是这个。沈锁锁一愣，旋即板起了脸道：“吃。当然吃。”

“要吃就快些吃吧。”楚疏言端起酒杯，遮住唇形，轻声道，“再不吃，油就全滴到身上了。”

啊呀呀，可不是！她傻乎乎地拎了半天，鸡翅上黄澄澄的鸡油已经滴了好几滴在衣服上，她这淡青色的衫子啊，油一滴上便汪作暗青色的一团，分外醒目。

丢脸死了，那么大一个人吃东西还会吃到身上来！又是这么醒目的位置！呜，沈锁锁一面掏出手帕猛擦，一面恨不得立刻消失。

“擦也擦不干净。”楚疏言不识时务地说。

沈锁锁立刻狠狠地瞪过去。

“回去换一件就是了。”他连忙补充。

“可是路上怎么办？”讨厌死了啊！

“不要紧，我的马车就停在外面。”

“马车？”

嗯，真的是马车。好一辆华丽的马车。虽然比不上百里无忧那一辆夸张，却也够阔气的了。

沈锁锁上了马车，引得人们艳羡非常。

马车脚程不慢，很快便到了相思筑。黄妈见是楚疏言送沈锁锁回来，登时眉开眼笑："楚公子，辛苦了！快进来喝口水！"

楚疏言忍不住看了看沈锁锁。

她忽然被他看得不自在，扔下一句："进来吧！"

喝完茶，沈锁锁言归正传："你说把婚姻大事交付于我，什么意思？"

"我年过弱冠，也该寻门妻室，所以，拜托姑娘。"

"你要求妻？"沈锁锁像是不敢相信似的，瞪着他。

"也是时候了。"

"可是，你不是很怕被女人看吗？"

"慢慢也就习惯了。"

"可是，你不是说要父母之命吗？为什么不干脆让你父母做主？"

她这样追根刨底，他倒不知道怎么答话，咳了一声，道："沈姑娘，生意上门，你都是这样往外推的吗？"

呃？

这么大一只肥羊，她怎么一个劲儿往外推？

"哦哦，只是随便问问，随便问问。"沈锁锁终于换上一副笑眯眯的表情，"楚公子有什么想法？有什么要求，尽管提。"

她笑起来的样子，就像一只看到鸡的小狐狸。

可是，偏偏他就是对这只小狐狸的笑没有抵抗力，浑然忘了答话。

“喂，楚公子……”

“哦哦，随便，随便。”

“随便？”

“呃，也许就像姑娘当日说的，重要的是过场。”

“过场？”她忽然有些了然，“你是说……就算没有娶到，也不要紧吗？”

楚疏言点点头。

她完全会心，粲然一笑。

呵，原来他并不是真的要找呢！

她忽然高兴起来。

到了晚上，心里仍有说不出来的快活，黄妈见她脸上一直带着盈盈的笑，忍不住问：“什么事这样高兴？”

“没什么。”沈锁锁说道，说完嘴角又翘了起来。

黄妈也笑了：“小姐怎么肯让楚公子送回来？不是说讨厌他吗？”

“咦，你的衣服洗好了吗？大门关上了吗？厅上的灯火灭了没有？怎么这么有工夫在我这里磨牙？”

“是是是，我这就去。”黄妈含笑去了，片刻却又回来，脸上又是惊喜又是神秘，道，“小姐，你猜我在外面看到什么了？”

“什么？”沈锁锁一面打散头发，一面闲闲地问，“不会又是那些小道士吧？让他们打去呗！反正闲着没事。”

自从跟着莫行南学了点儿拳脚后，那些个小道士就不安分起来。在祠里有玄深管着，晚上却偷偷跑出来过招。

“不是！”黄妈神秘兮兮地凑近她，“我看到了楚公子的马车！”

“楚疏言？他来干什么？”沈锁锁一惊，一惊之后，心头又是一喜，“你去看看他。”

“楚公子来，自然是找小姐了……”

“哎呀，去啦！”沈锁锁连推带拉地把黄妈赶了出去，自己连忙把头发重新绾好，又掏出黛笔，想描一描她稍嫌淡了些的眉，一看到镜中的人，她的手忽然顿住了。

镜子里的她，双眼明亮，好像要滴出水来。如果不是脸上的易容药物，也许早已透出绯红的桃花色。

她捧着自己的脸，刹那间有些怔忡。

沈锁锁，你怎么了？

即使他是来看你，你用得着这样吗？你又不是那怀春的少女，怎么突然羞手羞脚起来？

她蓦地把黛笔扔进妆奁内，披了一件外衫就出门。

那时黄妈正和楚疏言说话。楚疏言满嘴都是“不好意思”“打扰”，看见星光下，沈锁锁披着一件淡白外衫盈盈而来，风吹起略显凌乱的发，一双眼睛又黑又沉，那里面的冷冽光芒令他打了一个突。

此时的沈锁锁，又回复了早上冷漠的模样。全然不像中午时候容人亲近的样子。

果然，沈锁锁在马车前站定，板着脸问：“你来这里做什么？”

“我……我来睡觉。”

“睡觉？睡觉为什么不到客栈去？”

“我想着明天一早反正要到这里来相亲……”

"所以就准备到我这儿睡吗？"

沈锁锁的语气相当不善，那种凄凉惆怅的感觉又升上了楚疏言心头，更有一种疼痛，深而细长地植入肺腑，这疼痛唤起一个男人的骄傲，他摇了摇头，道："姑娘误会了。我并没有打算进去。"

"你不打算进来，难道在马车上睡吗？"

"小姐！"黄妈看不过沈锁锁这样恶劣，将她拉到一边，轻声道，"楚公子没钱住客栈了！我看他睡马车怪可怜，想邀他进去，小姐你看……"

"他怎么会没钱住客栈？"沈锁锁几乎是脱口而出，然而话一出口，她便明白了。

他怎么会没有钱住客栈？还不是因为她吗？

他这样一个淡雅温和的人，并不讲究排场，想他出门，身上带的银子一定不会太多。今天，来见她的时候带来一大堆礼物，又送出了一笔贺礼，甚至买了一辆马车，哪里还有银子住客栈呢？

一刹那，她的心跌进了酸而软的汁液里，湿漉漉的，充满雾气。

"是我不该来打扰。"楚疏言深深吸了口气，一挥鞭，掉转马头。

黄妈急了，待要留下他，又怕沈锁锁不肯，正犹豫间，忽听沈锁锁道："来都来了，还要走到哪里去？黄妈，把那一间房收拾一下。"

"不用了。"楚疏言淡淡地道，并没有停下来的意思，"我想，我该走了。"

走吧。回洛阳去。离开这里。忘记这里。

"楚疏言！"沈锁锁高声叫道，"让你住你就住，还想怎么样？”真是的，难道一定要她道歉吗？

“姑娘的好意，我心领了。”楚疏言回过头来，惨淡却不失温柔地一笑，“两位，后会有期。”

这个人，这个人！黄妈跌足叹息，这个人怎么就不懂得找个台阶下呢？

沈锁锁咬了咬牙，拔腿去追那缓缓而行的马车，拦在前面，大声道：“留下来！要走明天走，今天晚上，给我留下来！”

她匆匆绾起的发因为奔跑而披散，风又把发吹乱，她张开手，义无反顾地阻挡住他的去路。刚刚下定离去与忘怀的决心，忽然就在她面前水逝冰消，他想努力多保持一刻沉默与决然，可惜脑袋却已经点了下来。

第一次，楚疏言发现自己这样没骨气。

第六章

你的梦中，有我的名字

H O N G X I A N Y I N

总是这样，总是这样！

沈锁锁愤愤地在屋子里踱来踱去，心头的怨愤无处发泄。

总是在最后关头沉不住气！

上次让他去月老祠是这样，这一次还是这样！

那一次，事关生死，她最后冲了出去，也是为救一条性命，还算情有可原。

可这一次呢？他回家去多好！出了安郡，就把这辆中看不中用的马车卖了，兑点儿银子做盘缠，顺顺利利地回去做他的三少爷，再不然他去那个什么扬风寨也行，都不关她的事，他那么大个人，又会武功，还怕走夜路吗？晚上走有什么不好呢？

可是，可是，当日他捧着盒子走出相思筑时的背影，和今天他那惨淡的笑容重叠在一起，形成一种无以复加的力量，重重地压在她的心头！

她不能看到他去死，也不想看到他那样子笑！

可是，留下他，总是烦恼多于好处啊！

唉唉唉，悔不该，悔不该！到底是发什么神经，干吗要冲上去留下他？

但是，他是为了帮她才花光了银子啊……

……

天人交战半晌，她烦死了，烦死了！拿被子蒙住脸，又热得受不住，索性到院子里透气。

哪知今夜无眠的人不止她一个，已经有人霸占了她的地盘——那张竹床。

一出房门，她就看见了他，他也看见了她，刹那间，好几个念头在她脑海中闪过。

装作没看见直接回来？不行，摆明太假。

假装去拿东西？哎，不如假装叫黄妈好了——咦，这是我的地盘，为什么我要装模作样？

没等她打定主意，楚疏言已经开口同她招呼："沈姑娘。"

"嗯嗯，你也在啊……呃，那个……"呃，她差点儿咬到舌头，她到底在说什么？

"姑娘也出来乘凉吗？"他让出竹床一半的位置。

沈锁锁不想让自己看上去太小气，把心一横，坐上去。

凉风拂过，寂夜无声。

"沈姑娘……"

"那个……"

两个人忽然同时开口，彼此一怔，楚疏言道："你说。"

"那个……我还没有谢谢你。"沈锁锁咬了咬唇，并不太习惯说这些感谢的话——从来只有她占人便宜，还没有人主动帮她，说话的时候声音忍不住有些滞涩，说完了顿时如释重负："好了，你说吧。"

他却摇了摇头："不用说了。"

“你不会就是想让我感谢你吧？”沈锁锁控制不住地以己之心，度彼之腹。

“不是。本来想跟你说一些话，想想其实又不用说了。”

“什么话？”

什么话？

他本来想跟她说，那位名满天下的清和大人，已经有了心上人。虽然那名女子已然死去，但那天姿国色，万中难以挑一，而且看清和对她的痴迷程度，只怕顾不上你。

可是想到自己，忽然又觉得这话已完全没有说出来的必要。

她心里何尝没有人？那个人又何尝不是万里挑一的俊秀男子？更兼智谋算计，天下无双，九王爷若是得了王位，清和无疑会成为清海公第二。

他有些凄然地笑了：“我在想，或许姻缘还有月老做主，但情之一字，天地间却没有一个神仙管得了，就任它自由散荡，没有规矩，没有道理。喜欢了，就是喜欢了。不喜欢，就是不喜欢。谁也不能给个说法。”

天生的女性触觉以及后天的红娘经验，让沈锁锁无言以对，半晌，问道：“你，是不是有了喜欢的人？”

“算是吧。只是，她喜欢的，是别人。”

沈锁锁回以更长久的沉默。心里面不知哪一个角落，有风轻轻吹过，凉凉的，空空的，发出空洞的声响。

许久，她问：“一个男人喜欢上一个女人，是什么样的滋味？”没等他回答，她又问：“你上次说清和请你去修密室是为了挂一个女人的画像，那个女人，长得什么模样？”

楚疏言一震，她终于问到这个问题了。忽然之间，他不知道如何答话，想了一想："那人虽然是绝色，只是生得过于妖媚，未免流于俗艳……"

"俗艳？你骗人。"

她如此笃定，倒叫他愕然："怎么？你看过那些画？"

"清和眼高于顶，怎么会喜欢一个俗艳的女人？"

原本她对清和的评价如此之高吗？楚疏言苦笑一下，只好据实以答："那女子的确是人间少见的绝色，容貌之美，无法以语言来形容。清大人丹青妙笔，更是将她画得栩栩如生，我第一眼看到那幅画，几乎透不过气来。"

"这样美？"沈锁锁的眼里满是向往和感叹，"我就知道，他喜欢的人，一定是这世上最美的。可是他们为什么没有在一起？"

"也许，那女子不喜欢他……"

"胡说。哪有女人会不喜欢清和？"

这话……让楚疏言深深吸了口气，才能再开口："你，也喜欢他吗？"

"喜欢，当然喜欢。"沈锁锁笑，"在这个世界上，他是我最喜欢的人，也是唯一喜欢我的人。"

"唯一？"楚疏言暗自叹息，"只怕未必。"

她看了他一眼，没有答话，却问："你喜欢的那个人，也很美吗？"

楚疏言被这个问题烫得措手不及："她、她……"

"我知道她一定很美，不然你不会喜欢。美丽的女子，总是有更多人喜欢。"

这句话里，有感伤、有叹息，还有一丝极复杂的无奈。

"喜欢一个人，并不一定是看她的容貌。"

“那你为什么喜欢她？”

“因为……因为……因为……”楚疏言一连说了三个因为，却说不出一条理由。

为什么？

因为她救了他吗？因为她小狐狸般的笑容吗？因为她总是忽冷忽热忽然发脾气吗？

“感情的事，没有道理。”他只有以这句话作为解释。

沈锁锁沉默一下，算是接受了他的解释：“那你，有没有向她提亲？”

楚疏言吓了一跳：“她自有心上人，我怎么去提亲？”

“也许，她并不知道你喜欢她，如果知道了，没准就会喜欢上你了。”沈锁锁说着，身体忽然有说不出的疲倦，笑容也变得萧索，她站起来打了个哈欠，走到房门口，忽地回过身来，问道：“她一定很漂亮，对不对？”

“对。”

他肯定地答。

她是最漂亮的。

第二天，就像沈锁锁预料的那样，辰时还没过，大厅里就挤满了人。

楚疏言也很配合地坐在一旁。

一切都是沈锁锁想要的局面，可她不知怎么，就是提不起精神来。众人也看出她的冷淡，以为是前段日子的流言得罪了她，连忙准备了双倍的银子，可是沈大小姐仍然板着一张脸，好似天下人都欠了她一屁股债不还。

相思筑里的气氛前所未有地冷淡，大伙儿都讪讪地告辞了。出来时还在想，是不是银子拿得太少了？不然一向亲切可人的沈姑娘，怎么忽然成了个冷面孔呢？

楚疏言也觉得奇怪，忍不住问："你身体不舒服吗？"

"谁说我不舒服？我舒服极了！难道你巴不得我不舒服？"说完有人买红线，她丢下他，自去做生意。

这一天生意极好，买荷包等物的人络绎不绝，到了晚间一点数目，沈锁锁叹了口气："唉，要是天天都卖得这个数目，我做都赶不上了。"

一面叹气，一面去做荷包。

楚疏言替她送来一壶茶。

茶是黄妈让他送的。这个老妇人似乎看出了自己的心思，总是尽量制造一些机会让他能够亲近她。

灯光融融下，她的眉眼似乎比平时浓郁了些。眉修长，眼碧清，漾着一层水色，楚疏言意外地看到旁边已经放着一只茶壶，端起来轻轻一闻，却是酒。

"喝了酒拿针，小心刺到手。"他说，不留痕迹地把酒移开了，放上茶。

"这些莲花，这些鸳鸯，这是十字相思扣，我一年到头，不知道要绣多少次！就算是闭着眼睛也能绣啦，何况只是喝了些酒？"

她说着，伸手把那只被移开的酒壶取来，另取了一只杯，放到楚疏言面前，道："既然来了，也喝一杯吧。"

酒成一线，斟入杯中。斟满她才想起："对了，你是滴酒不沾的。"

说罢，她自己喝下了那杯酒。

一抬手，一仰头……放下杯子时，脸上似乎多了层红晕，她看着他，忽然问："你说，我漂不漂亮？"

楚疏言怔了一怔，看着这双充满水汽的眼睛，心忍不住一跳："不要再喝了，你已经有些醉了。"

"你说啊！我漂不漂亮？"沈锁锁像是没有听进他的话，自顾自道，"我现在是不太漂亮，可是……可是我本来很漂亮呢！"她真的有点儿醉了，紧紧地握着手里的杯子，生怕它飞了似的守护着它，忽而又哧地笑了起来，"你想不想看看我的模样？其实我真的很漂亮，从小时候起，就是个美人儿哦！"

从第一眼时，她就是一副泰然自若又有点儿小狡猾的样子，应付起人来长袖善舞，说起话来，更加头头是道，让人不由自主跟着她转……发起脾气来，又似一只小野猫，张牙舞爪，谁也不是对手。现在，却如此娇纵软弱！

真的是有心事啊……

悔不该那样去形容那位清大人的心上人！

他轻轻从她手里拿走了杯子："我去叫黄妈来，你该休息了。"

"你以为我醉了吗？其实我没醉！"沈锁锁站起来，还没走出两步就绊到了凳子，楚疏言飞快地拉住她——这一下用力，立足不稳的她登时倒进了他怀里。

淡淡的幽香扑进他的鼻孔，那异样的感觉又来了，他登时满头大汗地将她扶坐在椅子上——非礼勿动，他怎可这样轻慢她？

沈锁锁乖乖地坐下了，垂着头，头发披下挡住了侧脸，楚疏言看不清她的神情，却看出她的无限落寞，情不自禁，他在她身旁坐下，轻声道："不要难过，那名女子已经辞世，你，你还可以……”

说到这里，口里又苦又涩，再也说不下去。

沈锁锁抬起了头，脸上两道清晰的泪痕，她道：“你说，‘没事了’。”

楚疏言一怔，沈锁锁已在催他：“快说啊，说‘没事了’。”她急切地拉着他的衣袖，泪水扑簌簌落下，神情像个饿极了向人寻求食物的孩子，“快说，快说，就像在月老祠里那样，告诉我，‘没事了’。”

“好，好好，你别哭了，我说，我说。”楚疏言一迭声答应她，“没事了。没事了。”

她听了，泪水奇迹般地止住了，她出神地听着，轻声道：“叫我的名字。”

“沈……锁锁，没事了。”

第一次唤她的名字，他有片刻的生硬。然而这一声一唤出来，沈锁锁就笑了。笑容如雨后彩虹，瑰丽无双，泪珠还停在腮上，但那已不是泪水，而是花瓣上颤巍巍流溢的露珠！

这样的笑容……楚疏言只觉得内心深处被什么东西轻轻地撞了一下，这一撞，柔软，而深长，甚至伴着一种细细的松动与疼痛……他的眼眶一热，只要能让她这样笑着就好，做什么都好！他轻轻地抚着她的发，道：“锁锁，没事了。你去睡一觉，明天醒来，什么事都没有了！”

“真的吗？”她轻轻地、轻轻地问，那声音轻得像一团梦，好像再用力一点儿，就要在面前化开了。

“真的。”他极认真地向她保证，声音亦同样轻柔。

“好。”她说出这个字，身子一松，晕眩如海浪般涌上来，淹没了她。

没事了……

没事了……

小时候，举家被流放，冷硬的兵士，雪亮的刀剑，夹杂着妇孺的悲泣。她还小，不明白为什么大家不在自己的屋子里待着，反而要跑出来挨冻。那时她以为大家只是出来玩，哪里知道，那温暖的屋子，漂亮的花园，她们再也回不去了。

失去……失去所有……

她还不懂得“失去”的意思，却已经有了相应的惶恐和悲伤。到了所谓的“新家”——她才知道原来这世上可以用稻草做房子。父亲是家族的耻辱，母亲羞愤自尽，姐妹们都离她很远，只有哥哥，她那浑身是血的哥哥，冲过来抱着她，告诉她：“不要怕，没事了，没事了，没事了……”

小小的少年反复地说着这句话，安慰着妹妹，也安慰着自己。

时光如水面波光，闪烁之后，一个浑身是血的男子对她说：“没事了。”

然而那男子说完了这一句，就轰然倒了下去！

“不——”

她惊出一身冷汗，浑身的力气像被抽空。

“没事了，没事了……”有人在旁轻轻地说，“锁锁，好好睡……”

这个声音，好温柔，好温柔，让人忍不住沉溺其中的温柔，像母亲的……又像哥哥的……她慢慢地放松了紧张的身子，睡去了。

黄妈清晨起来烧水，居然在竹床上看到楚疏言。

睡在竹床上不要紧，只见楚公子面含微笑，两颊红润，眼睛定定地望着虚空中的某处，眨也不眨。

黄妈忍不住唤了一声：“楚公子……”

没有反应。

黄妈拿手在他面前晃了晃，楚疏言脸上的笑容丝毫未改。

“啊，难道是魇住了？”黄妈吓了一跳，连忙向沈锁锁房里叫：“小姐，小姐，不好了！”

“你家小姐怎么了？”方才还泥像一般的楚疏言一下子跳了起来，“她醒了吗？”

“老天保佑！原来你没事。”黄妈虚惊一场，连拍胸口，“我说楚公子，虽说已是夏天，下半夜天气还是怪凉的。睡在外面，不要着凉了——着凉还是其次，万一招惹上什么不干净的东西，可就麻烦了！”

“是，是。黄妈说的是——黄妈，劳烦你去做碗醒酒汤来，可好？”

“你喝酒了？”黄妈细细打量他，“不像嘛，我看你精神好得很。”

“是你家小姐。”

“小姐喝酒了？”黄妈一惊，连忙推开沈锁锁的门，看到她安然合目而睡，放了心，便去厨房准备醒酒汤。

楚疏言替她拎来清水，看着她忙碌，忽然问：“黄妈，你可知道清和这个人？”

黄妈的手一抖，筷子登时落在地上，她弯下腰去捡，嘴里却道：“清和是谁？我不知道。”

楚疏言没有再问下去。

就算……就算有个清和，那又怎么样呢？她在梦里，除了哥哥之外，叫的却是他的名字！

她在梦里叫他！

她的梦里居然有他！

笑意，一点儿一点儿浮上他的眉梢、眼角、唇边，黄妈几乎看见一层极淡的光芒慢慢从他体内散发出来，为整个人镀上一层玉一般的光泽。

“楚公子……”

楚疏言没有反应，带着一脸迷蒙而幸福的微笑，站在油烟缭绕的厨房里，恍然已身在天上，他轻声地问：“黄妈，等一下汤好了，我去端给她，好不好？”

沈锁锁头疼欲裂地醒来了。

原来宿醉的感觉这样糟糕，她发誓再也不喝酒了。

真是活见鬼，昨天好端端的为什么要喝酒？

她勉力爬起来，门“吱呀”一声被推开，她头也不回地道：“黄妈，今天我用冷水洗脸，头好晕。”

“我去打水。你先把汤喝了吧。”

沈锁锁整个身形僵住，蓦然回头，居然是楚疏言。

“啊——”

尖叫声穿透整个相思筑。

“你跑来干什么？什么叫非礼勿视你不懂啊？干吗大清早跑到我房里来？”

她衣衫不整，头发蓬乱似鬼，眼里还有眼屎……呜，她忙不迭地跳到床上，叫道："走开！走开！谁让你进来的？黄妈呢？"

叫了一通，屋子里毫无反应，她探出头，才发现楚疏言已经出去了。

她松了口气，飞快地梳好了头。

洗脸水来了，端水的居然又是楚疏言。

"你——"沈锁锁简直不知说什么才好。

然而也不等她说什么，楚疏言搁下了脸盆就走，还替她关上了门，在门外道："醒酒汤要趁热喝。"

沈锁锁洗完脸，一口气把那碗汤喝了，一打开门，吓了一跳："你怎么还在？"

楚疏言站在房门口，未语脸先红："因为……因为我有话说。"

"哦。"沈锁锁七窍玲珑，一见他这期期艾艾的语气，又红着脸，一大早还胡乱拍马屁……当下微微一笑，"你想问我借钱，是吗？"

"啊？"

"不用那么惊讶，你的脸上已经写着'借钱'两个字了。"沈锁锁闲闲地一撩头发，道，"说吧，要多少？我算你两分利。"

楚疏言简直哭笑不得："我的脸上写着'借钱'两个字？"

"你前天送来的首饰，我让黄妈当了二百两银子，现在就可以拿给你。"忽然看到他脸色一变，她连忙道，"你已经送给了我，那就是我的，别告诉我你想要回去。"

楚疏言的脸色有些难看："我送的首饰，你当掉了？"

"那已经是我自己的东西，爱怎么用就怎么用，这个你管不着吧？"看着他的脸色，她忽然很没出息地有些胆怯，奇怪了，泼出去的水，他凭什么管？可是看到他的脸色，为什么她却觉得自己好像哪里对不住他？荒唐，荒唐！她努力板起了脸，道：“要借不借，随便你。我又不怕银子放着发霉。”

楚疏言皱了半天眉，脸色终于慢慢缓和下来，道：“先不谈这个。我要说的，不是这件事。”

“哦？那是什么事？”

“那是……那是……”楚疏言忽然又期期艾艾起来。

为什么说出这么一句话就这么难呢？那些个动情的诗文，那些个绮丽浪漫的词句，他看过一千遍一万遍啊！怎么到了要用的时候，却一句也想不起来了？

沈锁锁“哧”的一声笑：“你又不是还不起的人，又怕什么借？咱们也算熟人，你用不着这么不好意思。”

“我不是要问你借钱！”楚疏言忍不住吼道。

沈锁锁吃了一惊，见惯他温文尔雅，见惯他惆怅叹息，还没见过他发怒呢！

“我是想说……我是想说……”胸中有千万句话在翻滚，脑海中却抓不到一句，他把眼一闭，把心一横，“我是说，昨天晚上，你做梦的时候叫我的名字了！”

这句话一溜到空气中，两个人都呆住了。

啊！怎么是这句呢？怎么说了这句呢？他想说的，不是这句啊！

沈锁锁更是瞪大了眼，张大了嘴，好半天，她才一跺脚：“鬼才叫你的名字！鬼才叫你的名字——啊，你昨天晚上跑进我房里了？你个伪君子！色狼！淫贼！”

她劈头盖脸一通乱骂，激动得气喘吁吁，一颗心，“扑通扑通”，几乎要跳出嗓子眼。

这家伙胡说！她才不可能做梦都喊他的名字！

绝对不会！

可是隐隐约约，她想起昨夜听到的那个温柔声音……脸上顿时烧得滚烫，她大声道：“黄妈！黄妈！把这个浑蛋给我赶出去！”

谁知黄妈像是消失了似的，半点儿声息也没传来。

“别嚷，别嚷！”楚疏言急出一头汗，想也没想，就去捂住她的嘴，“我要说的不是这个！”

沈锁锁被他的手臂搂住了身子，嘴又被捂住了，眼里几乎要冒出火来，瞪着他。他连忙松开手，道：“我是说，你不是担心清和的秘密会被外泄吗？我有一个办法！”

“什么办法？”

“你、你看住我好了！”

“看住你？怎么看住你？”

唉，到了这一刻，他唯有豁出去了！

“就是和我在一起！天天在一起，白天晚上都在一起，那样的话，我怎么会有机会泄密呢？”

说完，他的脸已经像蒸过的螃蟹，血色全出来了。

沈锁锁的眼睛睁得更圆，嘴巴张得更大，简直可以塞进去一只鸡蛋。

她的第一反应是：“我为什么要跟你在一起？天天跟你在一起干什么？你要是敢把那件事说出去，我一定不会放过你！”

然而，看着楚疏言这张快要滴出血来的脸，她忽然明白了他说的是什么意思！

天天在一起，白天晚上都在一起！

她几乎要晕倒了。

他向她求爱？要她做他的妻子？

啊啊啊！她乱了，全乱了！她只知道自己再也不能站在他面前，她飞快地逃进了房间，“砰”的一声把门关上，楚疏言待要追上去，门又“砰”的一声被打开，沈锁锁探出头来。

“你脑子有毛病啊！”沈锁锁用最大声音，拼命吼道，“胡说些什么？我听不懂你乱七八糟在说些什么，你走！给我走！”

楚疏言脸上的血色，刹那间褪了个干干净净。

“你……你难道就没有一点点喜欢我吗？”

他低低地、低低地问。

她的呼吸忽然一窒，最看不得他伤心低落的模样，心里仿佛有个角落跟着疼痛起来，泪水一下子盈上眼眶，她飞快地关上门，阻挡自己的视线，也阻挡他的视线，嘴里却道：“不喜欢。我怎么会喜欢你？我对你半点儿意思也没有，你不要自作多情。”

屋外没有了声音。

世界静得只剩下自己剧烈的呼吸声。

不知过了多久，门外传来黄妈的叹息声：“唉，小姐，人都走了，你出来吧。”

走了？

是啊！她那样狠心地拒绝他、侮辱他，他当然不会再留下来。

门开处，只有空空的院子，再也找不见那个玉树临风的身影，只有黄妈，满脸慈爱而又悲伤地看着她。

“小姐，楚公子待你一片深情，难道你真的不喜欢他吗？”

“不喜欢！不喜欢！一点儿也不喜欢！”沈锁锁神经质地大叫起来，怒道，“你不过是个下人，又要管我的事吗？走！你也走！你们都走！”

她又推又赶，把黄妈轰出了院子。

“我才不喜欢他……”她哽咽着，说完便哀哀地哭倒在地上，说不出的痛苦，说不出的凄凉，说不出的委屈……一切说不出的心事，统统化成泪水，奔流出体外。她拼命地哭，哭得好大声，哭得好伤心，不知道哭了多久，有人悄然地蹲在她的面前。

那是一双锦绫的鞋子，上面已经沾上不少细尘，她当然认得这双鞋——可这一定是假的，那个人，怎么可能去而复返？

她怔怔地抬起头，看到一双微微发红的眼睛。

“我想，你是有一点儿喜欢我的……最起码，一点点是有的……”他看着她，眼眶发红，神情憔悴，似乎在刹那间苍老了十岁，“对不对？”

沈锁锁怔怔的，只觉得这张脸是如此不真实，如梦幻一般。

“你这个呆子……”她带着浓重的鼻音，声音又苦又涩，“你知不知道我到底是什么人？”

“我知道。”他看着她，叹息一声，把她从地上拉起来，“你是清海公的后人。”

“你知道？你怎么知道？你什么时候知道的？”

“百里无忧来的那天，我知道的。”

“那你还跟我说那样的话！”沈锁锁忽然又大声道，“你戏弄我吗？戏弄我这个罪臣之后吗？”

“清海公是开国功臣，三朝元老，不是罪臣。有他这样的祖辈，你何其尊贵？错只错在他老人家的第二子，为了世袭的爵位，挑起内斗，引入外贼。”

“你知道得这样清楚？”她瑟缩了一下，忽又冷笑，“那你知不知道，他老人家的第二子，就是我的父亲？”

“你父亲？”这他倒真的不知道。

“是啊是啊，就是我父亲，为了一己私欲，把一家人都逼进了深渊！”她大笑，“沈家的人，从此上不能进仕，下不能从商，只能守着那小小村落混三餐温饱！”

“那你怎么……”

“我怎么能出来开铺做生意对不对？我要是不出来赚钱，我家那些满肚子都是圣贤书的叔伯们，那些十指不沾阳春水的婶娘们，日子不知道会潦倒到什么地步！”

这番话，从来没有跟别人说过，今天脱口而出，仿佛大水冲走块垒，她心头如释重负，却又变得更加空茫。她抹了抹泪，整个人已经静了下来，深深吸了口气，道：“我的处境，其实你并不清楚。将来万一东窗事发，这就是抗旨不遵的大罪。楚疏言，你走吧。”

难怪她要易容，原来是怕别人认出来。

难怪她爱财如命，原来是为父赎罪。

难怪她拒绝他，原来是怕连累他。

他只觉得胸中激荡，久久难平，好容易才能开口，他轻轻道：“那又怎样？”

那又怎样？

沈锁锁宛如止水的冷静在这轻轻一句话之下，崩离如溃，泪水，就那么流了下来，她怔怔地望着他：“你说什么？”

“罪臣之后怎样？抗旨大罪怎样？”他的眼中含着泪，轻轻地捧起她这张混合着眼泪与尘土的脸，“锁锁，我喜欢你，就是喜欢你。”

锁锁，锁锁，他叫她锁锁，他说喜欢她。即便知道了一切，他还是喜欢她。

他真的喜欢她。

这个被叫了几千几万次的名字，忽然平地抽了叶、开了花似的，无限鲜明起来。她那原本阴郁沉暗的心情，被这花光一照，就如同见了暖阳一般，一时之间，云卷云舒。

她心里说不出的甜蜜，嘴上却又忍不住扮死鸭子：“谁许你叫我名字？”

“昨天你喝酒的时候让我叫的……”他顿了顿，眸子含笑，“还有，昨天晚上，你做梦的时候，确确实实叫了我的名字。”

“没有的事！”她霍地站起来。

楚疏言连忙拉住她：“多亏你叫了我的名字，我才知道，在你心里，其实不像表面上一般讨厌我。”

“放开啦！”他拉着她的手，温暖又酥麻的感觉让她又喜又羞。

楚疏言红了脸，松开手：“对不起，对不起。”

她看着他，终于笑了出来：“呆子，书呆子！你真是个百里挑一的呆头鹅！”

半个时辰后，楚疏言和沈锁锁两个人，已经安安静静，甜甜蜜蜜地坐在桃树底下聊天了。

楚疏言的脸红扑扑的：“锁锁……你……还没有回答我。”

“答什么？”沈锁锁故意装傻。

楚疏言只好硬起头皮道："是否……是否和我一样有意？"

好奇怪，刚才他问得那么顺溜，那么动情，怎么说第二遍的时候，反倒更紧张？

也许那个时候情绪激荡，心潮澎湃，所以那句话就自然而然地问了出来，而现在，伊人在旁，阳光透过桃树叶片的间隙洒下斑斑点点的光晕，风轻轻地拂起她的发丝衣角，如此安宁满足，真怕她这张死鸭子嘴说出什么煞风景的话。

沈锁锁没有回答，却问："你那个很漂亮的心上人呢？"

楚疏言怔了怔才反应过来，不由得一笑："那就是你啊。"

"怎么会是我？我又没有喜欢别人。"

"你，不是喜欢清和吗？"

"清和？"她好像听到天底下最好笑的笑话，大笑起来，拍了拍他的脸，"你说清和？呵呵，哈哈，你那时酸溜溜的样子，难道是在吃清和的醋吗？"

这样亲昵的接触，让楚疏言微微地红了脸："难道不是吗？"

"你是个呆子。"她说着，忽然又板起了脸，"我一点儿也不喜欢你。"

"什么？"楚疏言的脸又忍不住白了白。

"没听清吗？没听清吗？那我再说一遍好了。我不喜欢你，不喜欢你，不喜欢你。"她接连说了三遍，促狭地凑近他，"听清楚了吗？"

最后一个"吗"字落地，她的唇，忽然就落到了他的唇上。

"轰"！

楚疏言的眼睛睁得老大！脸上腾地烧红了！

罪魁祸首却笑眯眯地跑开了，留楚疏言一人坐在原地，红着脸，手指轻颤地抚上自己的唇……

那是、那是怎样一种感觉？

那样轻轻一碰，他的整个人就要烧起来了！

她、她不是说不喜欢自己吗？为什么又这样对他？

那样柔软的触觉、淡淡的馨香……他轻轻地咬了一下指尖，哎，会痛哎！

那么，不是做梦了？

温暖而甜美的笑，终于，一点儿一点儿，一点儿一点儿地爬上了他的脸。

“……楚公子，楚公子……”

听到有人叫，他吓了一跳，却是黄妈站在他面前，满面笑容，问：“饿不饿？早饭已经好了。小姐正在吃呢。”

“哦哦哦！”他腾地站起来，忙不迭地往后堂去。脸上的红晕还没有消退，此时更添上一层。

黄妈在后，含笑看着他的背影。

这位清纯如玉的公子啊，在感情之事上，只怕比小姐还不如呢！

他要花多少时间才能明白，“讨厌”，有时候也是女孩子“喜欢”的一种？

又要花多少时间才能明白，小姐对他的喜欢，其实在开始的时候，就不比他少了。

不管怎么样，小姐，她那爱耍脾气、故作坚强的十六小姐，终于找到一个温暖的归宿了。

第七章

情如醉

H O N G X I A N Y I N

你可知这世上有一样东西，连空气也可以改变？它让酷暑变得清凉，让长夜变得光亮，连枯燥单调的手工活计，也变得轻松甜蜜。

灯光下，沈锁锁正含笑在一只葱绿荷包上绣粉色桃花，一旁，是帮她裁缎子的楚疏言。

楚疏言那双捧惯了书、握惯了笔的手，正照着她给的样式裁出荷包要用的面料。过程不算复杂，不到半个时辰，他便从满头大汗到轻松上手。

黄妈悄悄地送了一壶茶来，又悄悄地退了开去。

灯花爆了又爆，似乎也觉察出屋子里如暗流般涌动的柔情蜜意。

好奇怪的感觉啊！

彼此没有说话，甚至没有对视，只是眼角余光，偷偷瞥过去一两眼，知道对方安安静静地待在自己身旁，已经觉得安然幸福。

这样甜蜜温柔的气氛，弥漫在空气中。一对男女，彼此之间的关系一旦改变，连盲人都看得出来他们的不同。

白天那些意图嫁入楚家的人，在沈锁锁这里碰了个不冷不热的钉子。没说哪里不好，只是只字不提正经事。再加上楚疏言的目光，过不了片刻就滑到她身上，每看一眼，脸上就透出一层微薄的红晕……

明眼人都已知道，所谓近水楼台先得月，楚公子这块宝，只怕已经被沈锁锁捡去。

那位郑家小姐最为不忿，她生性骄纵，坐在厅里的时候耐着性子，一出了门，便向自己的奶妈道：“你说她有什么好？长得死气沉沉，又是个媒婆子——”

正想得入神，不防一阵风过，灯灰被吹下来，落到眼睛里。

楚疏言听她“啊哟”一声，连忙过来，“别揉，别揉，我替你吹吹。”

他小心翼翼地撑住她的眼皮，把那粒灰星子吹出来，这样一弄，沈锁锁的眼睛里忍不住流出泪水，他笑着替她拭去了：“多大的人啊，这点儿疼都受不了？”

“你掉一颗试试！”沈锁锁没好气，她又不是疼得掉眼泪，眼睛进了东西，谁忍得住不掉泪？

楚疏言也不跟她争辩，拭去了她的泪，手指停留在她脸上，指尖恋恋不肯离去。昏黄灯光下，她的眉修长，眼碧清，整张脸都发出一种朦胧的光晕，这光晕叫人迷离。

“看什么看？”沈锁锁白了他一眼，然而眼里的娇羞泄露了她的本意，“我长得又不好看！”

楚疏言努力控制自己的手指，不要落在她的唇上……更不要把唇落到她的唇上……然而清晨那轻轻一碰的滋味，紧紧抓着他的心不放，他似乎还能感觉到唇间残余的淡淡幽香……

看着她这样又娇又羞的模样，他吃力地别过头去，道：“锁锁，跟我回洛阳吧？”

“去洛阳？”

“是啊！去见我的爹娘。然后，再把婚事办了。”然后，就可以光明正大、名正言顺地……吻她……

他想着，甜蜜的笑意涌了上来。

嫁给他……这么甜美的事情……沈锁锁也心驰神醉了好一会儿，半晌才找回自己的声音：“可是，我要先去一趟唐门。”

“你去那儿做什么？”

“不告诉你。”她的眼底唇角都是促狭的笑，“我总不能这个样子去见你爹娘。”

“为什么不？”

“这样子不好看啊！你长得这么好，我长得这么丑，不般配。”

“傻瓜。”楚疏言轻笑，已经知道她去唐门做什么了。“明天我要出一趟门，后天才能回来。”

“干什么？”

他眨眨眼，学着她的语气：“不告诉你。”

“哼！不告诉就不告诉，我还懒得管呢！”说着，她拈起针继续绣她的荷包，还没刺下去几针，忍不住了，问，“到底是什么事吗？”

“到时候就知道了。”

“喂，你卖什么关子？”

楚疏言笑着打趣她：“这样紧张，难道是舍不得我走吗？”

她立刻竖起了眉毛：“走吧走吧，恕不远送。”

走就走，谁怕谁？她还附送重重一声“哼”。

可是第二天清早，楚疏言真的走了。

沈锁锁不动声色地经过他的屋子三趟，最后终于忍不住推开了房门，空荡荡的房间，空荡荡的床，连带她的心，不知哪一个角落，也一下子空荡荡了。

“死呆子！”

她骂了一句，却又发现太过幽怨，好似那些找她来诉苦的深闺怨妇。

她连忙甩甩头，企图把这种无力的空茫甩出大脑去。

可惜，一整天的时间证明，她失败了。

一只荷包二两银子，收了人家五两，到后堂转了一圈，又把银子原样给了人家，黄妈在旁边看得心惊肉跳，一把把银子夺了下来，找出三两碎银子给人家……

张姑娘派人来取原先订的一套相思盘扣嫁衣，沈锁锁答应着，一转身，把胡家的床罩包给了她。吃中饭的时候突然想了起来，连忙巴巴地跑出去，正赶上人家半路来还货……

一天下来，做活计的时候被针刺到共计五次，找错银子共计三次，拿错东西一次，吃饭时咬到舌头两次……

黄妈终于看不过去了，道：“小姐，楚公子才走了一天，你便这样魂不守舍……”

她的话还没说完，便给沈锁锁瞪了回来：“是昨夜没睡好！关他什么事？”

跟她说了一大堆甜言蜜语之后就开溜……哼哼，为这种人魂不守舍，她才不会呢！多少痴男怨女在她的手底下走过，她哪会犯这种低级的相思症？

黄妈但笑不语，晚上替沈锁锁准备洗脸水的时候，从怀里掏出一包药粉，倒了进去。

沈锁锁眼尖，一下瞥到：“那是什么东西？”

“不知道。楚公子交代的。”

“他什么时候交代的？”

“今天一大早。”

“我怎么不知道？”说完之后，她的声音降了下来，一肚子不情愿地问，“他还交代过什么？有没有说明天几时回来？”

“那倒没有。”黄妈答，“不过，楚公子说，用这盆水洗完脸，小姐就不用跑到唐门去了。”

沈锁锁愕然：“为什么？”

那些粉末很快在水里溶化了，清水依然是清水，在铜盆里可以清晰地照出她的脸。

夜半，沈锁锁隐隐约约听到马嘶声。她在心里告诉自己是做梦，就算楚疏言要回来，也是明天的事。

然而紧接着她又听到了开门声，还有脚步声，最终，院子里响起黄妈和楚疏言的说话声。

楚疏言？他回来了！

她心里又惊又喜，几乎想立刻冲出门去，然而才下了床，她回头一想，嘿嘿一笑，继续回到床上去。

黄妈回房间去了，楚疏言也回了房间，片刻之后，他又出来，在院子里徘徊半晌，终于走到她的门口。

她听得清清楚楚，一颗心，“扑通扑通”直跳。

然而门却迟迟没有被推开，那脚步声反而一步步退到院子里去。

这个死呆子，脑中一定在天人交战。

楚疏言的确举棋不定，深更半夜，他们孤男寡女，无名无分，怎么好意思？可是，他这样快马加鞭，两天的行程硬生生缩成一天，为的，不就是能早点儿回来看她吗？

末了，他终于做出决定，自己替自己打气："不要紧。我放下东西就走，绝不会吵醒她。"

他终于推开了沈锁锁的房门。

淡淡的月光映入窗棂，床上的人儿合目而睡，一头乌云似的头发逶迤在枕上，两只小巧的鞋子摆在踏脚上……

他的心无由地鼓跳如雷，几乎要跳出胸膛，他悄悄地把手上的东西放在梳妆台上，发出"叮"一声轻响。

床上的人似乎听到动静，翻了个身。

楚疏言吓得连大气也不敢出一口。

半晌，除了翻身以外，她再也没有动，楚疏言方松了口气，可就是他打算离开的时候，看到了她的脸。

淡淡的月光映着她的脸，睫毛投下一大片阴影，秀挺的鼻子微微翘起，颊边的肌肤映着月光，幽幽如玉。

他曾经无数次猜想过，那些易容药物底下掩盖的，到底是怎样一张素颜，却没有料到，她这样美。

美得如同空谷幽兰，独自在月下芬芳。

他就那样怔怔地瞧着，全然没有发现，经不住他这样长长地凝视，沈锁锁的眼皮已经忍不住轻轻地动了。亏得光线幽暗，他也看不到她已经红透了的脸。

终于，她忍不住了，道："你打算看多久？"

"呃、呃、呃，我、我、我……"楚疏言吓了一跳，霎时间连话都不会说了，急切间，猛地一指梳妆台，“我给你送东西来了。”

梳妆台上，静静地卧着一对翡翠镯子、一对红宝石耳环。

“你赎回来了？”沈锁锁有些诧异地望向他，她当初当的是死契，“你花了多少银子？”

“三百两。”他据实以答。

“三百两？”她啧啧连声，心痛不已，“你可是回来路上赎的？”

“嗯。”

此时怕已经丑时了，他多半还是把老板从床上喊起来赎的，难怪那老头子敢坐地起价，这样的肥羊自动送上门来挨宰，换她也不会放过。

可是他连夜把东西赎回来，可见他多么重视……她的心又一软，如同陷入了清甜的汁液里，不过，只要一丝理智尚存，沈锁锁就不会忘记问题的重点。她努力板起脸孔，道：“你今天去了哪里？不是已经没钱了吗？哪来的银子赎东西？”

“我去了邻县的钱庄提银子。”楚疏言一一乖乖地招来，“这是我第一次送的礼物，我希望……希望你可以留着。”

“是吗？”昏暗中，沈锁锁努力板着的脸已经控制不住涌出了笑意，她咳了两声，装硬到底，“楚公子不是说明天才回来吗？怎么现在就回来了？”

楚疏言低下头去，脸上微微发烧：“早点儿回来，不就可以早点儿见到你吗？”

“轰”的一声响，那清甜汁液淹没了沈锁锁的头顶，她再也板不起脸，转而将头埋进被子里。

这个死呆子，说话那么直接干什么？不知道婉转一点儿吗？

“你……你好好睡吧，我、我回房了！”

楚疏言几乎是飞快地扔下这句话就想往外逃逸——半夜偷进来被她逮个正着，他恨不得在她房里布起阵法，好让她瞧不见自己。

“哎，站住！”沈锁锁不失时机地逮着了他，问，“你早知道我易了容？”

“呃……嗯。”

“什么时候？”

“百里无忧来的那天。”

“又是他？”沈锁锁恨恨地一拍床沿，“我该把他踢出《相思录》才是！那家伙生得一副好皮囊，骨子里却是个坏坯子。”

“是啊是啊，他是个坏坯子……”

百里公子，莫怪莫怪，紧要关头，也只好顺着她骂骂你了。

身后沉默半晌，沈锁锁有点儿幽怨的声音响起：“我让你失望了吗？”

“啊，什么？”

“是不是我的本来面目长得更难看？”

“没有没有。你……你生得，很好看，很好看。”说完这一句，楚疏言的耳根子都红了。

“那你为什么恨不得立刻飞出去的样子？”

“我没有啊！”

“那你为什么站得那么远？”

楚疏言踏近两步，转而又有些为难：“锁锁，我怕……我怕再走得近些，我会做出些失礼的事……”

这下，换沈锁锁的耳根子发红了。

沈锁锁现在面临一个很大的问题。

她怎样用现在这张脸出现在安郡？

当时只是单纯地想让楚疏言看到她最美的样子，浑然忘记了安郡的人们早已习惯她那张平淡无奇的面孔。

为此，她对外只说不舒服，活计也都搬到后院做。

“突然变成这样子，人家会不会怀疑我根本不是沈锁锁？会不会认为我是妖怪？”

沈锁锁一面绣鸳鸯，一面向楚疏言诉苦：“呜，为了做生意，清和特意带我到唐门，把我弄丑一点儿，现在可怎么办啊？总不能不赚钱了啊。”

楚疏言道：“你跟我回洛阳，我会定期把银子给你的家人。”

“那是无底洞，你填不满的。”

“你这样也填不满……”

“填满无底洞最彻底的方法，就是直接把他们从洞里拉出来。这个清和一直在努力——”说到这里，她猛地顿住了。

楚疏言温柔地看着她，虽然有一丝揪心，仍然道：“如果不愿说，就不要说。我知道这位清大人，有许多秘密不能让别人知道。”

“这的确是个天大的秘密。我们一家人，就靠他翻身了。”沈锁锁不无歉疚地看着他，“对不起。”

“没什么。”他轻轻点了点她的鼻子，“若是还要做生意，你还是多想想眼前这关吧。”

沈锁锁的脸色暗了下去。

楚疏言忽然道：“我有个法子，不知道行不行得通。”

“什么法子？你快说。”

楚疏言指着院中那口井，道：“你就说这口井经月老赐过福，喝了便能变得美丽。你一直自称月老弟子，想来……想来人们一定……会相信……”

他的声音忽然不受控制起来，她坐在他的面前，脸白如玉，被阳光照得半透明，唇是如西瓜瓤一样的红，相信，也一样的清，一样的甜……那一刻，他的脑子再也想不到别的事情，就那么低下头去，吻了她——

不知过了多久，两人脸红红地分开。

“锁锁……”他气息紊乱地唤她的名字，眼眸深而黑，“你要快一点儿嫁给我……”

沈锁锁只觉得整个人热热的，软软的，乱乱的……完全没有了自己的神志，乖乖地点头。

第二天，一个极具爆炸性的消息传遍了整个安郡。

相思筑里有一口神井！

据说，喝了井水，男人可以更加强壮，女人可以更加美丽，老人可以更加长寿，小孩儿可以更加聪明……不过在喝水之前，一定要先默念三遍“月老月老我爱你”才有效果。特别声明，一定要全心全意地默念。有任何一丝杂念，都白喝了。

安郡唯一的月老弟子、相思筑主人、红娘沈锁锁姑娘，就是每天默念三遍口诀，奇迹般地，从一个姿色平庸的女子变成一个清丽无双的大美人，还被楚家的三公子看中。不少人发誓亲眼看到楚公子握着沈姑娘的手说“嫁给我吧！请你嫁给我吧！求求你快点儿嫁给我吧！你不嫁给我，我就要活不下去啦”诸如此类的热辣情话。

井水的神力，可见一斑。

因此，哪怕相思筑开出一碗水五十文钱的价钱，前来喝水的人仍然络绎不绝，不少人还把神水当成礼物，馈赠亲友。一时之间，相思筑门庭若市，经过黄妈细心测量，门槛，的的确确，被磨平了一寸半。

大量的人流进出，一度造成相思筑内荷包、红线不明遗失的状况。不得已，相思筑主人定出每天只卖五大桶的规矩。于是，安郡的人们又多了一样新的活动，那就是，赶在天亮前起身去买第一碗水——据沈姑娘说，第一碗水最有神效，因此又要比平常的贵出二十文。

就在大家喝水喝得不亦乐乎的时候，相思筑的后院里，有一个人却在长吁短叹。

此人正是想出这条发财大计的楚疏言。

苍天可见，他想出这个办法，仅仅是为了帮心上人摆脱容貌的困扰。哪知道某个女人福至心灵，居然想出这么一个赚钱的方法。

一碗清水五十文钱，天底下哪有这么黑心的人？

偏偏此刻，黑心的某人正坐在房里数银子数得不亦乐乎，答应跟他去洛阳的事，已经被抛到了脑后。一面数，一面道：“都是些散铜钱，收起来太麻烦了。黄妈，下次告诉他们，可以一个月一个月地订水，这样子的话每一碗可以便宜十文钱。直接交上整银子，我也好办一点儿。”

黄妈连连答应。

楚疏言郁闷地摘下一枚桃叶，放在嘴边吹。

沈锁锁似乎才发现他，收好了银子，笑眯眯地走到他跟前：“嘿，在想什么？”

“没什么。”

声音低沉无力。

“没什么就好。”沈锁锁眼珠子一转，“多亏你替我想出这个好法子，晚上我请你到酒楼吃一顿，怎样？”

“嗯。”

答得不情不愿。

沈锁锁水晶心肝，哪里会不知道他的心思？当下叫了一桌子他爱吃的菜，一样一样帮他夹，可惜楚疏言却不甚领情，沉沉地问：“镯子和耳环呢？你怎么不戴？”

“啊，那个，那个，放着嘛，我戴不习惯。来来来，吃只虾。”

这么多天的相处，他已经摸透了她的脾气，见她这样打哈哈，便知有异，眉一皱：“你……不会又当掉了吧？”

事已至此，沈锁锁也无可抵赖，干脆摊摊手：“是啊。”

“你……”楚疏言几乎被她气得说不出话来。

他赶到钱庄提银子，又在一日之间奔劳往返，为的不就是她可以戴着他送的东西吗？

“好了好了，别生气了。喏，尝块鱼。”沈锁锁费尽心思讨好他，“那些首饰对我来说可有可无，重要的是你在身边，对不对？你想想看，几百两银子已经够我的叔伯们吃用半个月了，我怎么能把他们半个月的伙食挂在身上？疏言，疏言，你说对不对？”

“你要银子，我给你三百两，你把耳环和镯子戴上，这样，总不吃亏！”

“怎么会不吃亏？”沈锁锁圆睁了眼，“如果不戴首饰，我就有五百两了！”

楚疏言彻底被打败了。

晚间，楚疏言把喝得有些微醉的沈锁锁扶进房，替她除去鞋袜，扶到床上，离开的时候，袖子却被她扯住。

“不要走。”她眉眼舒展，口齿缠绵，“疏言不要走。”

楚疏言心神一荡。

可是就在这个时候，黄妈居然在外面拍起了门，不但拍门，还急促地道：“小姐，小姐，有急事！”

被酒意麻醉的沈锁锁连忙整理衣衫：“什么事？”

“十三公子那边有人来。”

“啊！”沈锁锁浑身一震，匆忙披上衣服，甚至还来不及跟楚疏言说句话，便飞身出去了。

楚疏言不知该哭还是该笑，整理好衣襟，刚准备出房门，便见沈锁锁匆匆而来。

倒是快。

他笑着迎上去，目光忽然落到她的手上。

宝光灿灿的七宝锁，居然回来了。

他一震，难道黄妈嘴里的“十三公子”就是清和？

沈锁锁走进来，脸上有殷切的神情：“疏言，帮我一个忙。”

“你说。”

“现在朝廷正向阿洛国开战，清和请你去破阵。”沈锁锁拉着他的手，“他说阿洛国摆了一个‘修罗阵’，军中无人能破，但是你机关阵法名扬江湖，一定能行！对不对？”

楚疏言的手，陡然冷了下来，不仅是手，他只觉得从心里冷出来：“你，让我去帮清和破阵？”

“是啊！你一定可以的！清和答应我只让你破阵，不让你上战场，但是你自己还是要小心，刀剑无眼，万一……”

“知道了。”

短短三个字，打断了她的话。

他瞧着她，她的颈上还有他留下的吻痕，他的肌肤上亦还留有她的余温……在这样一个时刻，她居然要他帮清和破阵。

刹那间，只觉得什么都冷下来了，似乎心也要化成冰雪。

清和，清和！自己在她心中的分量，远远比不上那个人啊！

他悲怆地一笑：“锁锁，我问你，倘若此去战场，我和清和只有一个人能活，你会选哪个？”

“呆子，现在不是你吃醋的时候！”沈锁锁把他推出门外去，“军情紧急，清和的人在外面等你！”

他却出奇地固执：“回答我。”

“那好，我就告诉你，我选清和活，然后——”

“哈哈！”他又干又涩地一笑，一腾身，人已消失在院中！

阿洛国地处东南，气候闷热而潮湿，多瘴气蛇虫。楚疏言跟着清和的差人，连驿换马，日夜兼程，费了一个半月才抵达。

此次是九王爷出征，身为第一心腹的清和自然不离左右。因为楚疏言的到来，九王爷还举行了一次不大不小的洗尘宴，可见对清和所荐之人，极为看重。

清和只穿儒装，浅灰色的衣带将他衬托得飘逸出尘，他待楚疏言极亲切，又彬彬有礼，仿佛那个请尽堂杀手的人根本就不是他。

楚疏言百感交集，清和跟他讲阵形、讲敌情，他半句也没听进去。

“楚公子，”清和已然发现他的不对劲了，“当日在京城，公子素言雅达，今日怎么精神恍惚，难道昨夜在营帐没有休息好吗？”

“不是。清大人请继续。”

清和微微一笑，命人：“上茶。”

一壶清茶被送上来。

“楚公子可能不知，阿洛国的特产，一是红豆，二是茶叶。这茶，名唤‘绿罗裙’，是阿洛国茶叶之中的上上之品。”清和握起壶，缓缓将两只杯子斟满，递过一杯给他，“请。”

楚疏言接过。

“战场之上，刀兵之中，喝茶未免不合风景，但是听说楚公子滴酒不沾，在下也只好奉陪了。”

楚疏言心中一动：“锁……沈姑娘的《相思录》，是你替她搜集的资料？”

“不敢。《相思录》上的人物，在江湖中声名颇大，根本无须刻意收集。”说完，清和凝目问，“这茶如何？”

“还好。”

其实他喝得满口苦涩。

沈锁锁与清和的关系，早已千丝万缕，自己一个后来者，又从何介入？

清和一双修长凤目，不动声色地打量他，忽然问：“锁锁可好？”

“你问我吗？”楚疏言几乎忍不住要冷笑。

“楚公子，我告诉你一个秘密。”

“不敢。清大人的秘密，恐怕只有死人才知道吧？”

他的语气充满嘲讽和讥诮，陡然间自己一震，什么时候起，他变得这样尖酸刻薄？

清和似乎丝毫不以为忤：“我和锁锁，一直有书信来往。前些日子，我收到她一封信，里面，全是在说你。”说到这里他微微一顿，满意地看到楚疏言的脸色缓了一缓，“所以我想，这个秘密，你可以知道。”他微微倾过身来，附在楚疏言耳边，轻轻地，说了一句话。

楚疏言那双被这一个月来的风霜磨砺得黯淡的眼睛，忽然之间就亮了起来。

第八章

求妻

H O N G X I A N Y I N

秋色一下子深重起来，桃子早已成熟，鲜果吃不完，勤快的黄妈把它们又蒸又晒，做成桃脯。

相思筑的生意照旧好得不得了。念及旧情，沈锁锁还分了好些雨露给月老祠——比如，建议大家喝水之前，最好到月老祠烧上三炷香，效果会更好。

当时黄妈还有些担心，这样子卖水，只怕要出事。谁知后来前来买水的人，真的发现自己的身子骨越来越好了，姑娘们都觉得皮肤越来越光滑，老人也觉得更加神清气爽。

沈锁锁自己都吃了一惊。

还是有一天，玄深道长有意无意地道：“早饭之前空腹喝水，原本是道家养生秘方。”说到这里，道长看了她一眼，“只是，到了秋冬时候，还是让他们把水带回去烧开了喝吧。”

于是沈锁锁听了，脸不红心不跳地回到相思筑，吩咐黄妈：“从明天起，以月老赐福的灶烧过的水，六十文一碗。自家带回去的，价钱照旧。”

如此每日照旧做活计，银子照旧滚滚而来。每日卯初起床，戌末睡觉，日子一天天过去。桃树的叶子也掉光了，秋风一日比一日萧瑟。

这一日九月九日，重阳节。黄妈已经到市面上买来茱萸，门前门后都插满了，以祈多福避灾，求平安。

沈锁锁停了针线，看着黄妈忙碌，忽然问："楚疏言的屋子插了没有？"

"插了。"黄妈妈笑答，"每间屋子都插了。"

"茱萸要有剩的，都铺到他床上去。他那样呆头呆脑的一个人，也不知道会怎样……"

"小姐放心。有十三公子在，他一定能平平安安地回来。"

沈锁锁叹了口气："他走的时候，好像很生气……也许，从此就不回来了。"

说到这一句，一股细密的疼痛，从心头蔓延到四肢，她再也握不住针，站起来："晚饭你一个人吃吧。我有些累，先去睡了。"

回到房间，关上门，身子一挨着枕头，泪珠就滚了出来。

临走之时，他又干又涩的声音，充满痛楚的眼睛，每一遍想起都让她心痛如绞。

她知道他为什么心痛，却无从解释。

而他，也不给她机会解释。

她哭得累了，倦极而睡。

半夜，忽然又听到马嘶声。

自他走后，她总是做这样的梦。梦到那一夜，他从邻县回来，偷偷在她房门外徘徊，偷偷溜进她的房间，偷偷地凝视她……

相思如醉，不愿醒来。

今夜，她又听到那一连串的声音。马嘶声、开门声、脚步声、他和黄妈匆匆交谈的说话声，然后，脚步停在她的门口。

这一次的梦中，他没有在门口徘徊。“吱呀”一声，门被推开，深秋的晚风卷进屋子，她睁开眼，看到了他。

哦不，她不应该睁眼的。她应该像以往每一次一样装睡的。

可是楚疏言和以前也不一样啊！

房间里没有点灯，她看不清他的脸，却清清楚楚地看到，他的一双眼睛出奇地黑亮。那么亮啊，似乎里面裹了一团水汽。

他一言不发地走过来，靠近她，然后，吻住她的唇。

哦不，不，不是这样的。她从没有梦到他这样啊……可是她已没有多余的脑子去想这些了。

沈锁锁不敢睁开眼睛。

如果是梦，眼睛一睁开，他马上就消失了。

如果不是梦……那她、她怎么好意思睁开眼睛？

“那个阵……破了？”

“嗯。”

“清和他……”说到这两个字，她差点儿咬到舌头，明知他忌讳。

哪知他居然不在意，答道：“清和他很好。这次破阵，他让士兵佯装陷入阵中，然后突然杀进去，阿洛国的人措手不及，一役定胜负。”

说着，他忽地捏了一下她的鼻子：“他是你哥哥，你为什么不早点儿告诉我？”

害他吃那么多飞醋干醋。

沈锁锁吓了一跳：“他告诉你了？”

“他告诉我，其实他姓沈。”

“他怎么会告诉你？你知不知道这个秘密有多重要？稍有不慎，他可能就丧命了啊！”

“沈锁锁。”楚疏言郑重地唤她的名字，“你这样说话，我很不高兴。为什么你对我的信任，还不及清和？”

“我……我不要因为我让哥哥受伤害……”

“所以，在我和他之间，你选择他活……”楚疏言不无叹息之意，“我知道他对于你们沈家的意义，举家翻身，在此一举。”

“你这个呆子，我当时的话还没说完人就跑了！”沈锁锁埋怨，“我本来想告诉你，我会选他活，然后，和你一起死！”

楚疏言一震，喜出望外：“真的？”

沈锁锁没好气：“假的！”

“别生气，别生气。”他亲了她一口，翻身来找扔了一床的衣服，找了半天，掏出一只小盒子，递给她，“打开看看。”

“是什么？”

盒子打开，两颗鲜润的红豆耳环躺在里面。

沈锁锁眼眶一红。

“喜欢吗？”他替她戴上，“这是我自己做的。”末了，又补充一句，“这一对，你总当不了银子吧？”

“去你的。”沈锁锁破涕为笑，从枕下翻出一只锦盒，甩给他，“爱记恨的小气男人！你送的东西我已经赎回来了！”

“跟我回洛阳。”

这是楚疏言最近说得最多的一句话。

而沈锁锁的回答照旧是：“我走不开。”

“怎么会走不开？卖水的事，黄妈完全做得来。”

“那说媒呢？”

“说媒……好吧，你说，一个月你说媒能赚多少银子？”

“嗯……看情形吧，好的话，一百两银子没问题。”

“一百两！”他笑，“我付你一千两，你跟我去一趟洛阳。”

“一千两？”

“那么，两千两？你要多少，我给你多少——总之你一定要跟我回洛阳！”

她的眼睛睁大了几分。楚疏言忽然好后悔为什么没有早点儿把银子搬出来。

于是，在银子的诱惑下，沈锁锁来到了洛阳。

楚疏言把沈锁锁领进家门的那一刻，楚夫人差点儿激动得跪下来拜天谢地，她紧紧地握住了沈锁锁的手，一面把头上的钗子、手上的镯子、指上的戒指统统脱下来往沈锁锁身上套，一面眉开眼笑：“小小意思，算是见面礼——啊呀，不成，这样不能当见面礼。”一面又让丫鬟回房，把她那套金丝攒珠项圈和耳环拿出来，喜气洋洋地送给沈锁锁。

虽然这些东西沈锁锁都很喜欢——都能当成银子——可是这样的热情，她差点儿消受不起，好容易，楚夫人才放开她，向楚疏言道：“我的儿！难怪你巴巴地留下一封信就走，原来是为了这么个标致人儿！”说完又问沈锁锁：“孩子，今年几岁？哪月哪日生的？家里是做什么的？爹娘多大年纪？”

“我二十。三月初四生日。爹娘早已过世，至于家里……”饶是沈锁锁千般玲珑，到了这一刻也有些为难地低下了头，怎么说呢？直接告诉她吗？说自己出身罪臣之家？

她心念数转，终于准备开口，楚疏言却已帮她道：“母亲，锁锁是清海公后人。”

“清海公？那一定是大官了！”

沈锁锁吃惊地抬起头，没想到这位楚夫人会孤陋寡闻到这种程度。

晚上才知道楚夫人从来不理外务，一生过得开心逍遥，从自己家，再到夫家，再到三个儿子出生，生命已经被儿子和丈夫填满，余下来的工夫还要对付一日三餐、四季衣裳、各色首饰……还有最头痛的儿子的婚事，哪还有心思管什么官升官黜？

“你母亲不介意，不代表你父亲不知道……”沈锁锁微微叹息了一声，“我原本想说家里做点儿小本生意，开间红线铺，此地离安郡千里之遥，他们也未必知道。”

楚疏言轻轻握住她的手，眼眸温柔似海：“在我的家里，你不用瞒任何事。我要你光明正大、堂堂正正地做我妻子。我不想骗父母，也不想委屈你。你是沈锁锁，就是沈锁锁。”

得夫如此，妇复何求？她感动地靠进他的怀里，低下头的那一刹那，她的脸上，却有自己才知道的凄凉笑意。

呆子，我的呆子，你知不知道，不骗他们，我们就没法在一起？

果然，第二天，楚疏言出去采办彩礼，沈锁锁被请进书房。

楚老爷子端坐在书桌之后，楚夫人一脸遗憾地坐在一旁，见她进来，连忙拉了她的手，让她在身边坐下：“我可怜的孩子，你怎么就这么命苦？怎么托生在那样一个人家？这叫我们怎么办？”

楚老爷子咳嗽一声，打断夫人泛滥的同情心，道："沈姑娘，听言儿说，你是清海公后人？"

该来的，果然来了。

沈锁锁点点头："不错。他老人家，是我祖父。"

楚老爷子沉默了，半晌，道："那你应该知道，当年皇上下旨，清海公一门上不能进仕，下不能从商，而且不得踏出流放之地……"

"我知道。"

"那么姑娘何以来到洛阳？"

"因为喜欢上了您的儿子。"沈锁锁道。她仰着头，目光清澈明朗，脸上带着微笑，"我本来只想安安分分赚点儿小钱贴补家人生活，可是遇见了他，他让我来这里，我就来这里了。"她顿了一顿，接着道，"实不相瞒，我早已知道我跟他做不成夫妻。只是事实一刻没有来临，我就贪恋一刻的相聚。我甚至想过，干脆编一个身世瞒过你们，就可以永远跟他在一起了。可是疏言真是个好人，他不愿骗你们，却不知道，会从此错失我俩的幸福。"

她说完一笑，泪水却在同一瞬间落下。

那个呆子，怎么会知道她迟迟不愿来洛阳，不是因为相思筑的生意，而是因为，一旦来了，可能就要面临别离啊！

她原想抱着最后的希望一试，结果，所有的希望，却在他的诚实中破灭。

楚老爷子也怔住了，叹了一声："听说尊祖当年力保另一名皇子与当今皇上争夺皇位，因此皇上当年才会有那样的重罚。沈姑娘，我楚家不过一介商贾，还不敢跟皇家作对。"

沈锁锁点点头："我自然明白。"

“好孩子……”楚夫人感伤地握着她的手，“为什么偏偏投生在沈家？”

“疏言跟我说过，有清海公这样的祖父，是我的尊荣。所以，我从来不后悔自己姓沈。”她同样握住了楚夫人的手，带着泪，微笑，“夫人您这样亲切，就好像我的母亲一样，我真的不想给楚家带来灾祸。但请老爷夫人答应我两个要求，沈锁锁此生便无憾了。”

楚夫人忙道：“你说，你快说。”

“一、莫让疏言知道今天的事。”

“好，我答应你。”

“我知道夫人一直挂心疏言的婚事，所以这第二个要求，便是希望夫人可以把他的婚事交给我。”

“啊？”楚夫人不太明白。

一颗泪珠在她的眼眶里打滚，她仰了仰头，深吸一口气：“那就是……让我来为他选一位妻子。”

沈锁锁当即出了楚府。

已经是初冬，风刮在流了泪的脸上，如刀刺一般疼痛。

她本来不想哭的——已成定局的事，哭又有什么用处？

可是，泪水却像有了自己的意识似的，“哗啦啦”往下淌，她也不知道自己为什么会有那么多的泪，好像永远也流不完。

如果当初，他没有受伤倒在相思筑门口，该有多好！

如果当初，她没有去救他，该有多好！

如果当初，他到了洛阳，就不要再回去，该有多好！

如果当初，他破了阵之后，不要去找她，该有多好！

哦不，不，只要他没有倒在相思筑门口就好，后面的一切，只不过徒然留下悲伤的影子。再好不过的，是让时间在那个大雨倾盆的上午停止。

那样，她不认识楚疏言，楚疏言也不认识她，他们是世上互不相干的两个人，在彼此永不知晓的地方，悄然地生老病死。

可是，他们遇见了。

他还喜欢上了她。

那个书呆子啊，温润的双眼里从来掩饰不住青涩的柔情，她在儿女之事的圈子里打滚，哪里会不知道他的心意呢？他越是喜欢，她就越是烦乱，因为她知道，他不该喜欢她，她也不可以喜欢上他。

然而，她终究还是喜欢上了他。

在他回头问她“有没有一点点喜欢他”的那一刻，在他蹲在痛哭失态的她面前的那一刻，她终于选择了放纵，选择这短暂的爱情。

那一刻，她是自私的。她只是想，也许除了他，这辈子不会再有哪一个男人让她这样哭泣，那么，她为什么不开始这段唯一的爱情？

不要哭，沈锁锁！你是清海公的孙女，不要这么没志气地哭！你不亏，你拥有过原本不该你拥有的东西，已经很赚啦！

沈锁锁回到相思筑的那天，下起了大雨。

冬天的雨，冷入骨髓，她却就那样淋着回来，当夜便高烧不止，黄妈连夜请来姚大夫。

“楚疏言，你这个呆子！呆子！”她握着黄妈的手，口齿不清地道，“你毁了我们两个人！你知道吗？”

“小姐，小姐……”黄妈心疼得落泪。

“可是我不怪你！你原本就是那样的人，让你欺骗自己的父母，你死也做不出来！”她说完，又沉沉地陷入了昏睡。

黄妈唯有苦守在床边，等她醒转。

第三日上午，沈锁锁神志清楚些了，轻声吩咐黄妈：“放出消息去，就说楚三公子要娶妻。”

“我的小姐啊！为了他，你已经折腾多少回了？”黄妈掉得泪来，“你们双双去洛阳，结果只落得你一个人回来，这样的人，还为他操什么心？我看错了人，我原以为，他待你是真心！”

“黄妈，你不要胡说。他待我，本来就是真心。只是这年头，不是有真心就能过日子的。”说着她凄然一笑，“几年来，我手里牵的红线，没有五百也有三百。还有那些明知牵不成被打发了的，也不知道有多少！真心不一定就能成就姻缘。想想上半年那姓张的小二，想娶乔家小姐，还不是被我一口回绝了吗？现在风水轮流转，想想对他说的那番话，简直就是为自己说的。”

说着，她挣扎着坐起来，一指门后的柜子：“把我的《相思录》拿来。”

黄妈含泪拿给她。

“我这上面记载的，都是身世不凡的女子，个个才貌双全，也堪配他。”她翻着女子那一栏，一个个看下来，“这个百里无双，家世虽然卓绝，性子却太冷傲了一些。跟她在一起，书呆子只怕连笑容都没有几个。

“花千初倒是好，江南花家与洛阳楚家都是商贾世家，门当户对，只可惜，她已经被许给了百里无忧。

“花千夜呢？不行，她虽然美丽，可惜身患不治之症，书呆子还要费神照顾病人。

“谢意浓？哦不，这个女人号称天下第一美人，不是普通男人罩得住的，书呆子与世无争，不一定有那个本事。”

“……”

直到她把整本《相思录》翻完，都没有找出一个合适的人选。

“小姐，歇歇吧！”黄妈心疼地扶着她，“你病了这几天，都没有好好吃过东西，来，喝两口粥再说。”

“我不要喝。”她偏过头去，“我要赶快把人选找出来……你知道吗？我留了一封信给他，他看了那封信，一定会被气得半死。趁他正在气头上，让楚夫人押着成了亲，到时就算他明白过来，生米已经做成熟饭，后悔也来不及，唯有安安分分过下去。日子嘛，不就是这么过来的。”

她合上《相思录》，皱眉深思：“不能要官宦家的——官场风云变幻，不定哪天就被拖累。想当初和沈家联姻的那些人，不是一个个降衔的降衔，撤职的撤职吗？也不能要太富贵的——娇生惯养的女孩子脾气不好，书呆子又不会吵架，只有被欺负……”

她深深思索着，喉口忽然一甜，她怔怔地看着被面，居然、居然吐出一口血来！

她怔怔地看着这口艳红的血，身子蓦地向后倒去！

醒来的时候，已是夜半时分，黄妈苦着一张脸坐在一旁，油灯忽明忽灭。她睁开眼来，忽然想到了一个人，登时欢喜地叫了出来：“有了！”

黄妈见她醒，连忙端了软粥来：“小姐，算我求你了，你快吃点儿东西吧！再不吃东西，姚大夫说你、说你……唉！好小姐，听黄妈的话，吃点儿吧！”

“黄妈，黄妈！”沈锁锁的脸上居然一片喜色，满是红光，她拉着黄妈的手，一叠声道，“叫程佳瑶来！叫程佳瑶来！”

黄妈给她脸上突如其来的红光吓住了，脸色变得苍白无比。耳边响起了姚大夫的话：“沈姑娘一路奔忙，又受了风寒，更兼五内郁结，寒气难以发散，偏偏这些天粒米未进，再不吃东西，只怕有性命之忧！”

性命之忧！

这莫不是回光返照？

沈锁锁完全无视黄妈的惊恐，一心一意沉浸在找到合意人选的喜悦里：“她父亲是教书先生，母亲贤淑温柔，家里不算有钱，却也算殷实。最要紧的，是家教极好，又对书呆子一往情深！黄妈，你也瞧见她看楚疏言的眼神了！是的，就是她啦！”她一拍手，见黄妈还愣着，“你怎么还站着，快去啊！”

黄妈拭了拭眼角的泪水，强笑道：“你看这都什么时候了？要找人，也要等天亮才是！”

“你就说有急事！快去！快去！程佳瑶一定是肯的！”

“我的小姐！你何苦为他人作嫁衣裳！他既置你于不顾，你还管他干什么？你看看你，这两天已经瘦成什么样子了？算我求你了，好歹吃一点儿！”

“我不吃，不吃！”

沈锁锁眼眸内闪着精光，腮上如涂了胭脂一般火热，黄妈伸手摸了摸她的额头，热得几乎留不住手！

“冤孽，冤孽！”黄妈流泪长叹，“好，小姐，你把这碗粥喝了，我这就去找程佳瑶！”

“好，我喝，我喝。”她果然端起来“咕咚咕咚”喝完了，把碗亮给黄妈看，“喝完了！你快去，快去呀！”

黄妈再也控制不住，一路跑到厅上，大哭起来！

她的小姐，她苦命的十六小姐啊！

喝完粥，沈锁锁身上奇异的亢奋渐渐消退，她靠在床上，微微喘息。

寒风在窗外呼呼刮过，她的头脑里嗡嗡作响。恍惚间，又回到了那个熟悉的梦境，又听到了在梦中出现过无数次的马嘶声。

然而这次很奇怪，她甚至没有听到脚步声，门就被推开。

一个人卷着一身的风雪冲进来！

“啊，下雪了！”她说，还伸出手去，轻轻摸了摸他身上还未化去的雪花，晕眩感让她控制不住自己的手，她怔忡一下，摸了个空。

“呵，真的是梦……”

她说着，自己对自己笑了一下，手还未及收回，忽然被紧紧地握住，他握得那样紧，害她疼出了一身汗。

看来这是个噩梦，楚疏言来报复了。报复她留下那样一封恶毒的信。

但是她不怕，有他的梦，哪怕是噩梦，也是好的。

所幸那力道没有再重下去，他的手忽然盖到了她的额头上，紧接着，他焦虑的声音响起：“你身上怎么这么烫？病了吗？黄妈呢？怎么不在？”

沈锁锁幸福地微笑了：“看，你还是对我好的。在梦里都这样好……黄妈还说你对我不好……啊，黄妈，我让黄妈出去找程佳瑶了！程佳瑶，你还记得吗？她很喜欢你的。她长得清秀，脾气又温柔，家里不算有钱，也不算有权，嫁到你家去，也没有资本使性子，只会一味服侍你……”

“我不要别人！”他低吼，随后，猛然吻住她。那样强烈的情绪，汹涌澎湃，淹没了自己，也淹没了她。

这个梦……好真实啊……

这是沈锁锁最后的想法。

再一次睁开眼睛，窗上光亮非凡，已经是大白天。

屋子里摆着火盆，温暖如春。

她的视线在屋子里转了一圈，除了她，没有别人。

昨夜，果然，是梦。

身体似乎好了很多，整个人不再觉得亢奋得恨不得扎自己两刀，嘴里又苦又涩，原来是黄妈给她喂了药。

黄妈，她的身边，始终有黄妈。

小时候，长大了，黄妈都一直在她身边，从来没有离开过她。

心里无来由地，又酸又楚，黄妈端着药碗进来的时候，沈锁锁轻轻拉住她的手，贴着自己的脸。

“小姐醒了？还好，不然又要叫楚公子喂药了。”

“楚公子？”沈锁锁还有些迷糊，“哪个楚公子？”

“还有哪个楚公子？”黄妈笑着道，“还有哪个楚公子会跑几千里地来找你？”

沈锁锁睁大了眼，半天没眨一下：“书呆子？”

“嘘！小声些！我费了好大的劲才把他赶到屋里去睡觉——那

孩子，没日没夜地赶路，一双眼睛红得跟兔子似的！”

“他来了？”沈锁锁完全控制不住自己的声音，“他、他怎么会来？他、他来干什么？”

“他来找妻子啊！”见到楚疏言赶来，黄妈放下了一万个心，笑眯眯地打趣自家小姐，“只是，我昨天晚上才打听到消息，原来程姑娘已经受了别家的聘了，恐怕小姐还要费心，为楚公子再找一位姑娘。”

她说完，笑眯眯地把药送到沈锁锁面前：“快喝药吧！喝了药身体才会好，身体好了，才有力气帮别人做媒啊！”

沈锁锁整个人都乱了，下意识地接过药碗喝了一口，顿时整张脸都皱了起来，连忙把碗推回去：“苦死了苦死了！一辈子没喝过这么苦的药！”

“苦口的才是良药啊！”黄妈劝她，“要是你自己不喝，我就让楚公子来喂了。”

“他喂药？我怎么不知道？”

“我也不清楚。”黄妈神秘兮兮地凑到她耳边，“他喂药的时候，把门关上，不让我看。”

“咳……”

门口传来一声咳嗽。

黄妈笑眯眯地抬起头：“哟，灶上还炖着鸡汤呢！楚公子，劳烦你照顾一下我家小姐！”

“嗯。”

算是答应了。

沈锁锁便瞧见黄妈心安理得地去了。忽然很怀疑方才因黄妈而起的感动，是不是真的值得。

楚疏言踏进房来。

他的眼里，真的满是血丝，整个人也似瘦了一大圈，一言不发地端起药，送到她嘴边。

她抗拒地躲闪一下。

他倒很好说话地收回手，只是——咦，他干吗自己喝药？为什么还凑得这么近？他想干什么？干什……呃……

她被强灌下一大口药。

原来，他就是这样“喂”的！

她还来不及反抗反驳以及反对，第二口、第三口又接踵而来，直到把整碗药灌完，他才松开她，熟门熟路地在抽屉里找到她的小食盒，递了一片桃脯给她，自己也跟着吃了一片，才道：“你好好喝药行不行？这药真的很苦。”

“我、我又没让你喂……”

“可是你不喝，哪里有力气替我到处物色妻子？”这句话，一反他平常的温文，问得充满煞气。

说着，他一皱眉，忽然抓起了她的手，一口咬在她的食指上。

“啊啊……”她连连甩手，“会痛哎！”

“知道痛就好！”他冷冷道，“这一口，是为你连声招呼都不打，就私自跑掉！”

沈锁锁苦着脸：“都到那份儿上了，还有什么招呼好打？啊——”她再一次惨叫。

“这一口，是因为居然写那样一封绝情的信！”

“我、我……”这一次，还没容她说完，又被咬了一下，“啊！你属狗的啊？”

“这一口，是因为你说我根本不是你喜欢的对象，跟我只是随便玩玩而已！”

“喂喂！不公平！为信你已经咬过一口啦！”可惜这会儿的她根本没有发言权，就算发了言也跟没有发言一样。

最后一口，他咬在了她的唇上，怨气与怒气已发泄将尽，这一口咬得温柔而又缠绵，药的苦，桃脯的酸甜，混成一种奇异的滋味。

“就知道说我，那你呢？跑来干什么？你爹肯让你来？你娘肯让你来？”她捶着他的肩，原本只是想转移话题，说着却无端酸楚起来，眼泪流了下来，“你跑来干什么啊？”

“跑来娶你。”他说。

“娶什么娶？你爹娘不会同意的啦！我不能连累你的家人！”

他看着她，静静道：“我已经被楚家除名了。”

她那不停捶他的小拳头猛然间顿住了，看着这样憔悴的他，看着这样深情的人，忽然间，胸膛里又像有火舌在烧，拳头落得更快了：“笨蛋！傻瓜！呆子！世上哪有你这么笨的人？”

“我哪里有你笨？”他捉住她的拳头，“以为那样一封信就能打发我，世上到哪里去找这样笨的人？”

她的泪水，又“哗啦啦”淌开了。

这个书呆子啊！

“傻瓜，不要哭。”他轻轻拭去她的泪，“我原以为你是个聪明人。最起码在感情上，你会比我聪明一点儿。现在才知道，你那些头头是道的小聪明，根本就是骗人用的。与家里断绝关系，是我自己要求的。那只是名义上的罢了！什么时候我们有了孩子，不抱回去给爷爷奶奶看看，我就真的要被楚家人骂死了。”

沈锁锁把头埋进他的怀里，低低道：“可是，你将来会后悔的。”

“将来后不后悔，我不知道。只知道，如果不娶你，我现在已经后悔了！”他把小鸡一样缩在他怀里的脑袋拉出来，看着她，认真地道，“从今以后，我们就在一起了。你不要再胡思乱想。就算你再溜掉，我也不会再娶的。”

“我不会再溜的！”她吸了吸鼻子，大声道，“我要是再溜了，到哪里去找你这样又傻又笨又呆的人？”

“你总算聪明了一回。”他笑着刮刮她的鼻子，又道，“何况，我已决定回扬风寨，同另外两位寨主商量，助清和一臂之力。”

“真的吗？他们肯吗？”

“当然会肯。清和是个人物，我相信他。”

沈锁锁一笑，学着他的语气，道：“算你聪明了一回。”

说完，她忽然想起一件事，道：“啊，帮我拿外裳来，我要出趟门！”

楚疏言一怔：“你要做什么？”

“我是红娘，还能做什么？”她冲他一笑，“当然是去做媒了！”

“不行！”楚疏言一口回绝，“病还没好，外头又在下雪。”

“可是，不能等啊，我都不知道现在来不来得及。”她又是亲他的脸，又是拉他的袖子，“好啦好啦，只此一次，让我去吧！”

楚疏言被她缠得没办法：“你到底要去哪里？”

“去乔家。”

“乔家？”

“是啊，帮那个姓张的小二说媒！”

楚疏言仔细回忆："胭脂铺的那个？"

"是啊！"

说话间，沈锁锁已经穿好了衣裳。真是人逢喜事精神爽，她只觉得整个人轻飘飘的快要飞起来了："我现在才知道，什么门第之见贫富之别，都算不了什么！两个人开开心心在一起才是正经！人生能有几十年呢！为什么要顾虑那么遥远之后的将来？既然他们相爱，那就帮忙让他们在一起！"她笑着，扑进他怀里，"疏言，你知道吗？我现在好开心，好快活，真希望全天下的人都能像我一样快活！"

楚疏言笑着抚着她的发。那几日在父母、家庭与她之间的苦苦抉择，在她灿然的笑容下，如雪花遇上阳光，明媚地消失了。

他一抖斗篷，将她护在怀里，一手撑起一把油纸伞，往外走去。

门外，雪纷纷扬扬地下，地上白皑皑一片。

沈锁锁缩在他的怀里，温暖如春，自他怀中望去，只见他撑伞的左手手腕上，系着一根鲜红的丝线，映着雪光，分外好看。

她一脸赞叹，笑眯眯道："有时候，我忍不住怀疑月老真的认了我这个徒弟！"

楚疏言看着她耳垂上的红豆，忍不住笑了。笑得如此温柔，整个人，焕发出玉样的光泽。

一把伞，两个人，在风雪中渐行渐远了。

雪地上，留下两行深深浅浅的脚印。

——那是他们的来时路。

——世上会有无数对男女，相拥着走在这条路上，纵使外面风雪再大，心中仍然，温暖如春。

（完）

后记

写了前言，又写后记，好像还没有这么啰唆过。

这是“一两江湖”系列的第一篇，为了避免出场人数过多的问题，好些人都没有提到。有些包袱也还没有抖开，因此聪明的孩子可以发现，里面的百里无忧和那个尽堂首领，是有着千丝万缕的关系的。不过，本着爱情第一的原则，这些包袱慢慢到百里无忧的故事里抖吧。

这是一个温暖的爱情故事。写它的时候，老天爷从头到尾都在下雨。很好，我喜欢雨天。尤其是这样的梅子黄时雨。

雨给了我一种温柔心情，所以写了楚疏言这样温柔的男子。沈锁锁真的好幸福。羡慕。

小剧场

心听之阵

红线引

一

沈锁锁和楚疏言打马进了平京城，路过一户人家时，沈锁锁“吁”了一声，勒住缰绳。

四月天气，清晨的朝阳照着小院子，一株紫藤爬在墙头，花期将过，稀稀拉拉地开着几串花。

好久没有见到紫藤花了，沈锁锁在底下看了半天，道：“疏言，你知道吗？我家有株好大好大的紫藤，开起来比这个大不知多少倍，整座院子都会被它盖满。人都说紫藤无香，可他们不知道，那么多紫藤一起开，香得比什么花都好闻。唉，也不知道那紫藤现在还在不在了……”

楚疏言道：“在的。”

“你怎么知道？”

“此时想必也开了吧？要不要去看看？”

去看看啊，去看看梦里的繁花，去看看梦里的岁月……这想法太诱人，可是……万一被人认出来……

楚疏言见她犹豫，含笑：“别担心，你那时才多大？这么多年过去，谁还会认得你？走吧。”

故宅在延政坊，那儿贵胄云集，沈锁锁还记得小时候跟母亲出门，永远没办法像母亲那样规规矩矩地坐着，总忍不住把车帘子掀开一条缝，这样可以看见两旁高大的院墙，以及比院墙更高的树梢和隐隐露出来的飞檐翘角。每座宅院都是一个巨大的世界。

越来越近了，已经很久没有走过这条路，平时甚至想不起它是什么模样，身体却有自己的记忆，越近，心便跳得越快。

不知是从哪一刻起，空气中有了一丝湿润清冽的芬芳，沈锁锁纵着马儿往前，于是，看到了那片辉煌的紫色。

花开得真好啊！累累的花朵像是顽皮的孩子，扑在墙头张望外面的世界，昨夜下过一场雨，地上落了重重的花瓣。

已经是暮春，别处的紫藤已经要谢了，它还在盛放。它太大了，大得骄傲，大得热烈，它的根扎在最深处，天地间最好的灵气为它所有，它开得比所有花都要美，要久。

这就是，她家的紫藤……梦里的紫藤……

马儿带着她往下走，沈锁锁觉得这一切像做梦一样。

忽地，一阵风来，花瓣飘落在她身上，还有什么东西冰冰凉凉。沈锁锁笑了，是积在花上的雨水。

“疏言你知道吗？以前下过雨，我一定要爬这棵树，站在上面晃啊晃，就可以下一场雨，黄妈就在树下守着我，急得要死。对了，对面这座宅子，原来有个小胖墩，老爱在树下发呆，每次都被我淋一身水，他的奶娘不知教了他多少次，下过雨别站下面，他永远记不住……”沈锁锁说着，微有些感伤，“也不知道，他们现在怎么样，又在哪里……”

隔巷相望的院墙，小小的角门还在，不过门环上锈痕斑驳，显然是很久没有打开过了。时光倥偬，仿佛昨天她还顺着花枝往下爬，让小胖墩领她去他家玩。

原来已经很久很久了啊！

好像上辈子那样遥远了。

沈锁锁深深吸了口气，打马回头，走出一段，忍不住再回头，明亮阳光下，盛开的花美极了。

她喃喃道："也不知道现在谁住这儿……"

楚疏言说："二王爷。"

"你怎么什么都知道？难道这就叫秀才不出门，能知天下事？"

楚疏言笑笑，带她穿过小半座京城，在一条僻静的小巷里下了马。

巷子尽头有户人家，门前的槭树叶子青绿可爱，一只猫在墙角打盹，肥嘟嘟的，看见人来也不怕，懒洋洋伸了个懒腰。

小小的院门掩在树下，门环上有斑驳的铜锈，看得出来，被用上的次数一定不多。

沈锁锁叹了口气："看来清和混得也不怎么样。"

官居四品，又受九王爷宠信，怎么着也可以买个大宅子，造一扇阔气的大门。

"书呆子，你又发什么呆？"她一转头，就见楚疏言手握着门环，却停在那儿，没有叩下去。

楚疏言的心情有点儿奇妙，他忽然想到了自己十岁的时候。

十岁那年，他被莫行南骗到了问武院。莫行南告诉他平阴城有座巨大的书坊，天下间的书只要是有人抄的，就可以在那里找到，上路之后莫行南才老实交代："我娘给的零花钱太少，哪像你到处可以提银子！"

所以楚疏言第一次上问武院，是以钱袋子的身份。

后来，他发现莫行南其实也没有骗他，问武院虽然没有天下间所有的书，却有天下间最有趣的一种书。

机关阵法书。

悄悄看了两本之后他鼓足勇气决定拜师，一夜没睡，清早站在夫子门前，只觉得心好像要跳出胸膛，那门环看上去有一千斤重，他心里又是期待，又是紧张，又是害怕。

而这一刻，这种心跳渐渐加速、又紧张又期待的感觉，和当初一模一样。

因为，他要向门内的人，求取他在这世上最想拥有的东西。

沈锁锁凑到他身边："怎么？怕了吗？"

楚疏言犹豫着道："我二哥说……舅兄一般都舍不得妹子出嫁……"

楚家二哥上门提亲，是被舅兄提着大刀砍出来的。因为开镖局的舅兄真正属意的妹夫是楚疏言这位问武院弟子。楚家二哥不知费了多少心思，才抱得二嫂归。

"哈哈！"沈锁锁大笑，"不怕不怕，万一清和不肯，咱们就私奔！"

"别胡说。"楚疏言听不得"私奔"两个字，"我们在一起，要光明正大，而且，永不分离。"

他的神情庄重，眸子清亮，沈锁锁原本还想再取笑他两句，却再也说不出来，心底全是暖融融的饱满汁液。

光明正大，永不分离。

他是来向清和求亲的，只要清和答应，这门亲事就算是定了下来，她就算是……他的人了。

而他，也是她的。

阳光越过屋脊洒在楚疏言的发上，逆光的他宛如天神。

老天待她何其不薄，给她一个这么好的楚疏言。

楚疏言终于叩响了门，过了好一会儿，里面才有人应声：“是谁？”很是稚嫩清脆的声音。

“阿藤，是我，楚疏言。”

“吱呀”一声，门开了，里面是位十来岁的童子，生得玉面朱唇，很是可爱：“楚先生，好久不见了，快请进。这位是你妻子吗？”

“妻子”，多么平淡平常的两个字，在沈锁锁的手底下，有多少女孩子如愿地成了别人的妻子，可这一次轮到了自己身上，却忍不住红了脸。楚疏言倒是听得春风满面，道：“尚不是，不过，快是了。你家大人可在？”

“不巧，大人出门有大半个月了，也没说什么时候回来。不过走之前，大人说过，楚先生或许会来一趟，说不定还会带上个人。”阿藤一面带路，一面得意扬扬，“你知道的，我家大人向来神机妙算，看，你们这不就来了？”

“笃笃”，院角竹林下，一位老人戴着斗笠弯腰拔笋，闻言拿手里的笋敲了敲竹子。

“哎哟，知道了知道了，楚先生又不是不知道大人厉害，再说我只是实话实说，也没有吹牛啊。”阿藤吐了吐舌头，向楚疏言扮了个鬼脸，“哑伯就是这么烦。”

清和的院子极大，墙角栽着竹子，房下挖着池塘，荷叶刚刚生出来，像谁裁好的绿缎子。阿藤把两人领入厢房，请两人稍坐，然后去泡茶。

屋内靠窗有只矮榻，矮榻上有只云石小几，几上放着一只箱子，箱子上面搁着一只信封，楚疏言无意多看，但那封信上的字太显眼了。

任何人的名字，对自己来说都是最显眼的。

“看来清和是真知道我们会来，”沈锁锁笑，“快看看，上面有没有写彩礼单子？”

当然没什么彩礼单子，信上只是托楚疏言去延政坊长德侯府见侯府七公子一面，不过信封里还有一样东西，倒出来一看，是把钥匙。

不是把普通的钥匙，钥匙小巧玲珑，镶宝嵌玉，同那箱子上的锁倒是相配的一对儿，楚疏言便知道这是给沈锁锁的了。

沈锁锁先把玩了一会儿，才开了锁，笑道：“我这个哥哥，就喜欢弄玄虚。猜猜看，会是什么？”

楚疏言摇头。清和深心，世上有谁猜得到？

箱子一打开，沈锁锁睁大了眼睛，“啪”的一声，猛然关上，深吸一口气之后，再一次打开。

淡淡光芒，映亮室内，映亮她的脸。

金子。

只有做梦才见过的、成色十足的金子，满满堆了一箱子。

“是真的……是真的……这、这是给我的？”沈锁锁一脸迷醉的笑，拿起一块，摸摸，掂掂，最后咬咬，“我的！是我的！楚疏言，楚疏言，快看！这么多金子，全是我的！清和给我的！”

楚疏言看着她闪闪发光的眼睛，忽然很后悔。

送什么首饰？应该直接送金子！这才是她最喜欢的礼物。

现在去把楚家钱庄京城分号的银子全提光，来得及吗？

全换成金子，能装多少箱？

每天都送，是不是每天都可以看到她这样的模样？

他想着，脸上有迷蒙的微笑。

金锭里还夹着一张纸，小小的，只有巴掌大，也不知是什么，沈锁锁拿起来，一瞬间，熟悉的手感几乎是立刻唤醒了久远的记忆——

“哥哥哥哥陪我玩！”

“哥哥要看书。”

“书有什么好看？夫子叫哥哥看书，哥哥就把他赶走！”

“不许胡说。”哥哥从书上分出一眼给她，“世上不只有夫子叫看的书，还有很多有意思的书。”

“看书看书，整天就是看书，哥哥是个书呆子！”她气鼓鼓地道，“我不管，你要陪我玩！”

“这样吧，我一会儿要写字，你替我裁纸。”

这是个好主意，她终于有活儿干了，于是埋头裁纸。纸是上好的雪浪纸，又大又厚又托墨，玉刀光滑，“哧”一下，就把一张纸裁成了两张，再两下，就变成了四张……

阳光一点儿一点儿西斜，当榻上的少年终于伸个懒腰放下手里的书，就看到满地都是被裁成巴掌大小的雪浪纸，小小的女孩子兀自裁得起劲，还问：“哥哥，我裁得好不好？”

“呃……好。”少年很是违心地回答。

“我可是跟嬷嬷学女红的人！”她一脸骄傲，“这个比裁缎子容易多啦！”

少年笑出了声，走过来抱起她：“对，我们锁锁是会女红的人了，真是好了不起。”

“那我以后每天来给你裁纸好不好？”

“……还是不要了吧……”

长大后从来不曾想起的往事，原来不是忘了，而是，附身在这张小小的纸片里，一被碰触，便就复生。

记忆真是种玄妙的东西，再想起离家之痛，已经不会觉得难过了，可这温暖的儿时回忆，却让人想流下泪来。

沈锁锁微微吸了口气，压下心里面翻滚的酸楚滋味，翻过纸面。

——嫁妆已备，佳期何时？

才忍住的泪水，自顾自地冲了出来。

楚疏言轻轻抱住她：“锁锁？”

“没事，”沈锁锁喉头哽咽，想笑，又止不住哭，“你看，就说你白担心了，清和连嫁妆都替我备好了……”

阳光从窗棂透进来，照在她脸上，那滴泪珠晶莹璀璨，楚疏言没有去看那张纸，而是捧起她的脸，低下头，吻去她的泪珠。

就在这时，门“吱呀”一声开了，阿藤端着茶盘愣在门外，回神之后立刻做出一副“我什么也没看见”的表情，淡淡道：“二位先喝杯茶，哑伯已经在准备午饭了，我一会儿再来请二位。”

然后，他很镇定地退了出去。沈锁锁心想不愧是清和府上的下人，调教有方，再看看楚疏言，脸色微红，眸子晶亮，自己大概也是这般模样，她转咳了一声，把茶塞到他手里，“喝茶，喝茶。”

然而刚喝了一口，远远就传来阿藤惊恐的声音——

“哑伯！哑伯！完蛋了！我看到了别人亲嘴儿！我会不会长针眼？”

“噗”，沈锁锁的茶全喷了出来。

二

现挖的新笋味道很鲜美，哑伯做的红豆羹味道也很好，但两人匆匆就吃完了，因为阿藤一脸淡然实则紧张地看着他们，好像生怕他们下一瞬又会抱在一起做什么让小孩子长针眼的事情。

沈锁锁好想告诉他那不是亲嘴儿不是亲嘴儿不是亲嘴儿！

吃完饭，两人便去长德侯府。

长德侯府居然就在沈家旧宅隔壁，就是沈锁锁小时候常去的那座宅子。亭台楼阁如旧，和小时候的印象相比好像并没有什么大变化，沈锁锁隐约记得有五棵非常高大的松树，问带路的下人，下人道："那在东面。不过侯爷不让人去那里。"

沈锁锁"哦"了一声。楚疏言去花厅见七公子，她随便拉住一个下人，道："久闻侯府园林是京中一绝，今日有缘前来，可否带我领略一番？"

下人当然从命。沈锁锁跟着他，从花园开始逛。一切好像是梦中场景，又和梦中大不相同。梦里她还是个小孩，看山石楼阁觉得有天般巨大，现在看来仿佛和小时候不是一回事了。如果还有机会回家一次，是不是也有这样的感觉呢？

心仿佛被雾气打湿，淡淡的感伤，淡淡的惆怅。

记忆渐渐复苏。她记得，穿过前面的回廊，再过了假山，就会有一条青石小路，草在石缝间顽强地生长，清晨走过的时候，鞋子和裙摆还会被草尖上的露水打湿。

沿着那条小路走到尽头，就是那扇角门了。

不过到了假山前，下人便不肯往前了："姑娘，请回吧，再往前没什么可看的了。"

沈锁锁笑道："胡说，我看前面风景倒好得很。别是你想偷懒，小心我叫七公子罚你。”

下人急了，忙拦住她：“姑娘，真去不得，那是侯府禁地，别说带客人过去，就是府里下人不小心想走个近路，小侯爷也能打折他们的腿！我来这里三年了，也还一步都没进过那里呢！”

沈锁锁只好点点头，然后，觑他一个不防，转身就跑。

下人不敢来追，只有大叫。

不就一扇角门吗？有什么好禁的？沈锁锁腹诽着这里的新主人。

那里靠近厨房，原本是买菜买柴走的，是因为傻小子和她玩了之后，下人们才改了道。边上不是柴房就是米仓，还禁地，难不成怕人来偷米？

不过说起来，他家的米缸真的很好玩……

沈锁锁一溜烟就找到了角门，门却是锁着的。

门很旧，锁却很新，牛头，云纹，纯铜，在阳光下闪闪发光，正中间还镶着一颗猫眼石。

真是一把好锁。拿来锁一扇破门，未免也太浪费了。

沈锁锁很是替它心疼。

“谁给你的胆子，敢来这里？”蓦地，身后有人道。

沈锁锁吓了一跳，回过身，只见一人站在回廊下，二十几岁的样子，披一身锦袍，长发未梳，剑眉星目，那眼神冷冷的，好像沈锁锁要偷他家的珍珠宝贝一样。

沈锁锁连忙道：“公子万安。我是随楚疏言前来拜会你家七公子的，无意间走到这里，若有什么地方冒犯了，还望公子海涵。”

“楚疏言？”那人略为意外，简单给她指点了回去的路。沈锁锁笑道：“好像对面的紫藤花开得很好呢，这扇门正是赏花的好地方。”

那人淡淡道：“我知道。”

“那要不要把门打开？”

“打开……何必打开？”他的声音轻忽，目光也是，“打开又如何？看不到的……永远都看不到了……”

三

“楚先生，求求你收下我吧！我想拜你为师很久了！”

花厅上，一个十六七岁的少年围着楚疏言打转，又是鞠躬又是作揖又是下跪。少年生得一副好模样，穿一件碧绿色纱袍，越发衬得肌肤如玉，眉目如画。

楚疏言避之不及：“江湖传言，多有不实之处，在下出师不久，才疏学浅，并不敢自称天下第一阵法师，不曾打算收徒，蓝公子抬爱，在下不敢当。”

沈锁锁听到“蓝公子”三个字，吃了一惊，望向少年：“你姓蓝？”

少年拜师不顺，心情不佳，脸色非常臭：“对啊，我蓝子楹姓蓝，不行吗？要你批准吗？长德侯蓝家，没听过吗？”

楚疏言不悦：“蓝公子，这是我未婚妻子。”

“未婚妻子？”蓝子楹呆了呆，眼珠子快掉下来，“江湖传言不是说你不近女色吗？”然后上上下下打量沈锁锁，“难道你也是问武院弟子？”

沈锁锁不答，只问：“昔年的工部尚书蓝云天蓝大人你可知道吗？”

“怎么不知道？那是我爷爷！”

像是被重锤狠狠锤了一记，沈锁锁倒退半步。楚疏言低声问道："怎么了？"

沈锁锁摇摇头，一时间，说不出话来。楚疏言见她这副模样，再不多话，转身告辞。

"师父，别走！"蓝子楹一把抱住楚疏言大腿，"要走出我家大门，除非让我拜你为师！那只狐狸拿走了《蟠矶集》，说好了会让你收我为徒！"

"《蟠矶集》？"楚疏言失声。

难得看到楚疏言如此吃惊，沈锁锁忍不住问："那是什么？"

那是一本失传已久的阵法奇书，据说上面记载着散失在各处的古阵。楚疏言也只闻其名，从来没有看过。

"你居然连《蟠矶集》都不知道？"蓝子楹怪叫，"你懂不懂阵法？"

沈锁锁淡淡看了他一眼："我确实不知道《蟠矶集》，不过我知道，清和答应你的条件，只是让楚疏言来见你一面，至于你是否拜得了师，全看你自己的本事。"

蓝子楹跳起来，沈锁锁接着道："我还知道，蓝家其实没有什么七公子，蓝家排行第七的，是一位小姐，名字也不叫子楹，而是叫花楹。我说的对不对？"

蓝子楹张口结舌，愣在当地，好一会儿，弱弱地向楚疏言道："我……我听说你不近女色，怕你不收女徒弟，所以才扮成这样子的……师父，我真的是诚心拜师，求你不要走！"

"小楹，不得无礼。"一人经过花厅，喝住蓝花楹，却是沈锁锁在角门遇见的男子。他走过来施了一礼："在下蓝子槐，见过楚先生。舍妹是家中唯一的女孩，家母失于溺爱，未免娇纵些，得罪了。小楹，还不放手？拉拉扯扯像什么样子？”

然而长兄的威严并没有什么用，蓝花楹嚷道：“我等了你五年，终于等到你来，我不会放手，死也不放手！”

楚疏言叹了口气：“你松手。我布一道阵法，如果你解得开，再来找我。”

“真的？”蓝花楹眼睛大亮，“好啊好啊！”

花草树木，亭台楼阁，桌椅板凳，皆可入阵。楚疏言不一时便布好了阵，蓝花楹步入阵中，一脸兴奋。楚疏言对蓝子槐交代：“如果她明日此时还出不来，请往清大人府上找我。”

沈锁锁呆呆地看着蓝子槐，一脸怔忡。

蓝子槐，蓝子槐……多么熟悉的名字。

“子槐子槐，你是槐树，你爬那棵，不许上来，这是紫藤！”

“子槐你站好！站偏了我淋不到你，对！站好哦，雨——来——啦——”

清脆的童音在脑海里回荡，树下那个小胖墩的脸早已模糊了，面前这个长身玉立的男子是长德侯。

“……锁锁，锁锁？”楚疏言唤，“我们走吧。”

蓝子槐猛地抬头：“锁锁？”

沈锁锁立即微笑：“是，我姓陈，名锁锁。”

“姓陈……”蓝子槐眼睛里的光芒淡去，很是失落，“姓陈啊？”

“正是。”沈锁锁道，“其实我原来不叫这个名字，因为算命的说我五行缺金，后来才改的，土里土气的，很不好听。”

“怎会？锁锁，锁锁……这原是世上最好听的名字……”蓝子槐轻声道，“姑娘你何其有幸，得有此名。”

沈锁锁谦虚地道声“谬赞”，和楚疏言一同告辞。

一出了府，沈锁锁的脸马上放下来。

“疏言，你知道这长德侯是谁吗？”

“该不会就是那个被你欺负的小胖墩吧？”

“呵呵，人家现在可不是胖墩，人家现在英俊潇洒，还是位侯爷！”沈锁锁脸上又是嘲讽，又是愤怒，“想当年，我爷爷和他爷爷在朝是同僚，在家是棋友；我爹和他爹是同一年中的进士，又一同在户部当差；我家的兄妹和他家的兄妹天天在一起，我娘和他娘还差点儿就议定了我俩的亲事——假如我家不曾出事的话。可我家出事了，连带亲戚朋友，流放的流放，贬官的贬官，没有一家还能留在京城。没想到，和我家走得最近的蓝家非但没有受牵连，反而加官晋爵，成了侯爷！你说，这是为什么？”

叔伯们的闲谈，母亲偶尔的抱怨……小时候听不懂，现在全明白了，父亲所交非人，有人在他身陷险境的时候，推了他一把！

“我真不明白，清和为什么会让你来见他们！”沈锁锁越说越气，“信上只跟你说长德侯，不说是蓝家，这是他有心要瞒着我！就为了一本破书！你说那一本破书有什么了不起？”

“嗯，那本书确实没什么了不起……”

在天下任何一个懂阵法的人面前这样说《蟠矶集》，只怕都会被打破头，包括他自己。但现在……唉，《蟠矶集》，对不起。

沈锁锁还是不解气：“我们走，我自成我的亲，才不管清和肯不肯！”

“那画像不看了？”

“不看！谁爱看谁看！”

四

夜半三更，一片漆黑，沈锁锁跟在楚疏言身后，偷偷摸摸来到清和的书房。

楚疏言若有所思：“我下午好像听人说过不要看来着。”

“女人的气话你也信？”沈锁锁白了他一眼。

天太黑，瞧不见她翻白眼的样子，只看见她眼中隐隐有水光流转，楚疏言只想叹气，被白了也觉得心里暖暖的，痒痒的，这是怎么回事？

门推开，沈锁锁先闻得一股扑鼻香气，居然是达官贵人家中常焚的百合香，案上香炉烟气袅袅，哑伯白天才添过。

“呆子，搞错了，这不是清和的屋子！”

“怎会？”他亲手造的密室，怎么可能走错地方？

“清和从不焚香，他的鼻子比狗还灵，屋子里连鲜花都不放，这么浓的香能直接把他熏晕过去。”

楚疏言回想起来，上次来好像确实没有香炉。可能是天热了，哑伯用来驱蚊虫的吧。他没有放在心上，找到机关，逐一解开，忽然一皱眉：“嗯？”

“怎么？”

“清和改动了机关。”

在阿洛国的时候，清和同他讨论阵法之余，也会聊聊机关之术，以清和之智，能改动机关并不让人意外。

“不过，改动机关，说明不想让任何人进去，包括我。”

沈锁锁想了想：“我就看一眼，而且不告诉他。”

这样不好，楚疏言想。可是，黑暗中她的声音软软的，她说她想看……楚疏言的手已经不由自主在继续，半晌之后，墙壁内发出

“轧轧”之声，露出一道小门。

还露出了一道淡淡的浅碧色光芒。

沈锁锁原以为所有的密室都是黑漆漆的，但这里不是，三颗夜明珠镶在顶上，淡淡的光芒照亮了墙上的画。

墙上全是画。

画的都是同一个人，或笑，或泣，或坐，或立，或执扇，或拈花……无论是嘴角的笑意还是眸子里的泪光，都逼真得仿佛下一瞬人便会从墙上走下来一样。

沈锁锁久久无法挪开视线，她终于看到了，清和喜欢上的人，长什么模样。

“不可能……不可能有这么美的人……一定是因为清和画技高超，才把她画得这么美的，对不对？”

楚疏言点头：“也许。”

“也许你个头！”沈锁锁道，“一定就是有这么美。不是美到这个地步，怎么能让清和喜欢上？”

楚疏言点头。

反正，怎样都是她有理。

沈锁锁忽然吸了吸鼻子：“什么味道？”

“酒味。”楚疏言看了看桌上，道。

室内有桌，桌上有壶。沈锁锁拿起酒壶晃了晃，里面的酒还没有喝完，她拔开塞子闻了闻，一股辛辣之气直冲鼻孔：“这是什么酒？”

楚疏言闻了闻，被呛得咳嗽：“烧刀子。行南很爱喝这种。烈酒中的烈酒。”

清和口味一向很清淡呀，什么时候爱喝烈酒了？沈锁锁讶异。

分别太久了，很多习惯都已经改变，回忆起来，多半还是少年时的样子。

她有时候也会想，清和平时忙吗？累吗？得闲的时候会做什么？现在她好像知道答案了——清和闲下来的时候，会来到这里，对着满墙的画，一个人喝酒。

沈锁锁对着画像，轻轻叹了口气：“你让他喜欢上你，却又丢下他……真狠心。”

忽然不想再多看，她往外走，楚疏言却不知又在动什么，这个人，看见机关就走不动路！

忽然，地面无声一颤，左右分开，中间缓缓露出一条缝，只有半寸粗细，同时，一股极其浓重的气味渐渐在空气中弥漫开来，熏人欲呕。

沈锁锁捏住鼻子：“这是什么？”

楚疏言把手伸进缝隙里探了探，拿出来时指尖多了一抹黑色，他仔细看了看，再嗅了嗅，面色凝重。

他先带沈锁锁离开密室，然后才道：“那是脂水。”

沈锁锁终于知道为什么要熏香了，回到书房，百合香气驱散异味，沈锁锁才透过气来，问道：“脂水是什么东西？这肯定是清和知道自己要走了才布置的，不然他自己第一个要被熏死。”

“脂水来源于地下，名为水，却比任何火都厉害，只要一点儿火星，就能焚尽一切。”

沈锁锁愣住了。

为什么要焚尽一切，那里面是清和最珍视的回忆。

“密室都焚了，他还要不要这里了？还回不回了？”

说到这里，她猛然顿住。

厢房里留好黄金，密室里留好脂水——清和，想干什么？

五

睡得正香的阿藤和哑伯被沈锁锁摇醒，沈锁锁一刻也等不得，问清和走时的情况。

阿藤一面眼皮打架，一面把哑伯的手势告诉两人："大人出门都不说去了哪儿，一来是行踪保密；二来也是为免有人找我们下人打听，所以我们什么也不知道。大人走之前吩咐了两件事，一是楚先生可能会来；二是书房里要熏上香，越浓越好。再就是，若是一年后他还没回来，他在京郊替哑伯买过一处庄子，让我们去庄子上安身，给书房点一把火就完了。"

沈锁锁越听，脸色越是发白。

清和把什么都安排好了，最大的可能是，他已经做好了不回来的打算。

家族的未来和期望还压在清和肩上，他不会不回来，除非，他知道他有可能回不来……

"疏言，清和有危险。"沈锁锁急急道，"我们要去找他，疏言，我们要去找他回来……"

"锁锁别怕。"楚疏言握住她的手，"别人不知道清和的行踪，九王爷一定知道，等天一亮，我们就去九王府看看。"

"九王爷也不知道。"阿藤道，"前些天，九王爷还亲自来找大人来着。"

沈锁锁急道："那你们怎么就一点儿也不着急？怎么不托人去找？"

阿藤一脸诧异："为什么要去找？我家大人想回来，谁也拦不住！我家大人不想回，谁也找不着！”

大概所有人都是这样想的，所有人都认为，天下没有什么能伤害到清和的事。

哑伯比画了一串手势，阿藤道：“哑伯说，大人出发前见的最后一个人是蓝家七公子，那天蓝家七公子带了本书来，大人第二天一早就出门了，带着那本书。”

《蟠矶集》？

六

第二天一早，两人正要出门，却有人来得比他们更早。

“师父！”蓝花楹换了女装，美丽娇俏。蓝子槐在她身后，优雅沉稳。

楚疏言微微讶异：“你破阵了？”

“师父你太小看我了，我半夜就出来了，要不是大哥，我昨晚就来找你了！”蓝花楹笑嘻嘻，“怎么样？你说话算话，可不能赖账！”

“楚疏言有说过破阵了便收徒吗？”沈锁锁道，“我好像只听到他让你来找他。”

“收徒的是师父，让我来的也是师父，和你有什么关系？”

“关系不大，”沈锁锁淡淡道，“只不过若有一日你真拜了师父，就马马虎虎要喊我一声师娘。”

蓝花楹顿时噎住。楚疏言也不啰唆，言明他要找清和，而清和的去向，可能和《蟠矶集》有关。

《蟠矶集》这本书蓝花楹翻来覆去看了五年，闭着眼睛也能默出来，不过书中不论是阵图还是注解都相当隐晦艰涩，她也有大段看不懂的地方。

两人一讨论起阵法，剩下的两人就如同听天书。蓝子槐向沈锁锁道："我对清大人仰慕已久，主既雅，居必不俗，今日有缘前来，可否带我领略一番？"

这话好生耳熟，沈锁锁心里一跳，道："我也是才来，对这里不熟。"不过拒绝得太明显反而让人起疑，于是客客气气地道，"带路算不上，一起随意走走吧。"

院子里，荷叶刚长出来，林下的竹笋又发了几棵，一阵风来，吹得竹叶沙沙作响。

蓝子槐开口道："有一件事情，我想请教姑娘。据我家那不懂事的下人说，姑娘不是迷路误入禁地，而是执意要去，喊也喊不住。是这样吗？"

沈锁锁正摘一片竹叶，回过头来一脸羞惭："糟，我还以为侯爷不会知道。咳，是这样，我头一回上京，头一次见到侯府那样的大宅子，看什么都觉得新鲜，一听他说有个地方轻易不让别人看，便更想开开眼，没想却跑错了地方，什么也没看到，真不走运。"

"你可知道那扇门外是什么？"

"花呀！听说二王爷的府上有好大一树紫藤，开得煞是好看，当时侯爷你该开门看一看的。"

她神情磊落，坦坦荡荡。蓝子槐看着她良久，道："你知道吗？我有一位故友，和你同名。"

"这么巧？她也叫锁锁？"

"对，她叫锁锁，沈锁锁。"

"姓沈？"沈锁锁吃惊地睁大眼睛，跟着压低声音，"你不会是说那倒霉的清海公家吧？侯爷现在身居高处，荣华富贵享受不尽，何必惦记罪臣之后呢？”

“我……我家对不起她家，我一直希望，能当面对她说声抱歉……”

“说了抱歉，她家就能回来了吗？”

蓝子槐摇头：“不，不能。”

“那说抱歉有什么用？”沈锁锁问得一脸天真。

蓝子槐脸色惨白：“你说得是。”

外面响起叩门声，沈锁锁连忙去开门。

扬风寨生意遍及天下，耳目众多，昨天晚上楚疏言用燃生花召集在京的扬风寨弟子，让他们连夜打探清和去向。今日便有人来复命了，说有人看到清和自南门离京，一路往南，似乎是朝阿洛方向去了。

阿洛？

阿洛的战事早已停了，清和去阿洛干什么？

阿洛……《磻矶图》……阵法……楚疏言忽然一皱眉：“莫非是为了修罗阵？”

“可修罗阵不是被破了吗？”沈锁锁道。

“修罗阵虽然被破了，但当时兵荒马乱，主阵之人的下落却没有找到……”楚疏言说着，问蓝花楹，“书中所提阵法，可有在阿洛的吗？”

“也许有……只是书里所有古阵都只有阵图，别说地名，阵名都没写。我爹当年不知道请了多少人，花了多少功夫，想找出其中的心听之阵，都没有成功……”蓝花楹说着，猛地眼睛一亮，“不过，先生你一定可以！我把阵图默出来，你一定可以找到心听之阵！”

“心听之阵？”

“据说《蟠矶集》中有一处古阵，阵中时空逆转，能让人看见心中最想见到的人。我爹因为当年做过一件错事，心心念念，想见一位故人一面，所以费尽心力找到《蟠矶集》，可惜直到他死，也没有见到故人。我为先生默出阵图，先生找到清和那只狐狸以后，能不能再为我找到心听之阵？”

楚疏言不能保证一定找到，但愿尽力一试。

事情就这么说定了。现在的问题是，默出整本书的阵图耗时极长，而清和之事，又迫在眉睫，等不起。

蓝子槐开口道：“我与小楹同你们一起去找清和。”

楚疏言和沈锁锁很是意外，蓝花楹则一脸惊喜。

“说抱歉是没有用的，但愿我能帮上一点儿忙。”蓝子槐道。

沈锁锁头皮发麻。

什么意思？

难道他认出她来了？

七

一行人这就出发。

路上休息的空当，沈锁锁向楚疏言道：“让他们一直跟着不是办法，等阵图默出来我们就先去阿洛。”

楚疏言问道：“锁锁，有件事你有没有想过？清和既然把事情都安排好了，显然也能猜到，你有可能会和我一起去蓝家？”

“什么意思？”

“清和不在信上写明长德侯府就是蓝家，也许不是为了瞒你，而是怕你不去。”暮春的阳光洒下来，楚疏言神情柔和，“蓝子槐的父亲背叛了你的父亲，自己也终生活在悔恨中，正值盛年便悔恨而亡。逝者已矣，重要的是眼下。我想，也许清和是希望你放下那段仇怨，只记得儿时的快乐。”

因为，这也是我的希望。

望你忘记丧家之痛，望你的记忆中全是美好。

沈锁锁回头望去，蓝家兄妹坐在一棵大树底下，蓝子槐把水囊递给蓝花楹，蓝花楹一边喝水，一边把天上的云指给他看。

天很蓝，云很白，树很绿。

如果家里不曾有那场变故，她现在是不是也可以同清和一起坐在大树下，无忧无虑地聊着天，看着云？

发生的已经发生，谁也不能抹去。

承爵封侯的是蓝子槐，不是清和。蓝子槐可以带着妹妹来一场远游，清和却远在千里之外，生死未卜。

娇生惯养的是蓝花楹，不是沈锁锁。蓝花楹可以学自己喜欢的阵法，可以拜自己喜欢的师父，沈锁锁连自己姓什么都要隐瞒。

放下吗？沈锁锁笑得苍茫。

哪里有那么容易放得下？

八

四人白天快马加鞭地赶路，晚上一到宿处，就铺开纸笔研究阵图。从阵图推出阵势，再从阵势推出地形，最后从地形推出地点，这是一连串极繁复、极精密又极庞大的计算，极小的失误也会导致极大的偏差，往往是推算几天之后再推倒重来。

楚疏言整夜整夜地研究阵图，白天又接着赶路。

“先生，你最好的朋友不是莫行南吗？难道江湖传言又错了，你最好的朋友其实是清和那只狐狸？”

蓝花楹撑着头问，眼下一片深深的黑眼圈。

楚疏言没有应答，也不知道听没听见。他手里的地形图和阵图已经画好，指着某一处道：“我想这里还是有点儿不对，主阵已呈龙虎之势，这里应该是龙尾位置。”

蓝花楹涨红了脸，一笔小错，先生几个晚上就白熬了。

“不着急，慢慢来。你天资聪颖，悟性极高，只是所学驳杂，不够精纯，这个需要时日慢慢扭转。”

不论她错多少次，先生他从不生气，永远这么温柔。蓝花楹点点头，一面默，一面偷偷看他。

他低头绘图，低眉垂目，鼻梁挺直，执笔的手指修长。桌子不大，两个人离得很近，他的袖子就垂在她手边。传言中说他爱穿透月蜀锦的料子，原来又错了，他爱穿的是最普通的青布衣衫，她向来看不上这样的衣料，可是，现在却觉得，这料子被他穿着，真是清雅疏淡，飘逸如竹。

宽大衣袖拂在桌面，她趁他入神，悄悄地、悄悄地把脸贴在上面，嘴角露出迷蒙的微笑。

“银耳羹吃完了吗？”楚疏言头也没抬，问。

蓝花楹连忙抬头，瞬间苦起脸：“还吃？太难吃了。”

每到住处，只要有空，沈锁锁就会煮点儿东西给楚疏言，有时候是绿豆汤，有时候是糯米圆子，今天是银耳羹。

“不许胡说。要学阵法，就吃了。”

这一路上，虽然没有收徒，但能教的楚疏言都教了，蓝花楹虽未拜师，已经执起了弟子礼，苦着脸勉强把碗里的东西咽下去，喝完之后立刻漱口，同时忍不住好奇：“先生，你到底喜欢她哪点？”就这种手艺还没被吓跑，先生也很是坚强呢。

这个问题……真要问，楚疏言还真答不上来。只是，在这样累极的时候，只要想起她，便不自觉想微笑，身体便又充满力量。

“她……救过我的命。”

不止一次。大雨中的追杀。祠堂里的血光。最后飞奔而来的模样……记忆是开放在时光深处的花，永不凋谢。

蓝花楹大惊：“所以你就以身相许了？”

以身相许？呵，原来这叫以身相许？楚疏言忍不住笑了。

“还有呢？”

“她……还替我做过媒。”同样不止一次……她做起媒来，真是长袖善舞，舌灿莲花。

“她是媒婆？”蓝花楹更是大跌眼镜，“先生你要娶一个媒婆？”

“她……当过我送的礼物。”依然是，不止一次。

蓝花楹已经完全无语了。

她给他回忆，给他甜蜜，给他快乐，给他世间最复杂最深重的滋味，她让他知道什么是幸福。笑意从心底漫出来，再从嘴角漫到眼睛，再想下去他大约不用看阵图了，他微微舒了口气，打住：“大人的事小孩子不要管。默你的阵图。”

蓝花楹呆呆地看着他的笑容。

这一笑比春风更轻柔，比秋月更光辉。

九

灯光把两个人的影子投到窗子上，沈锁锁在院子里，一抬眼便可以看到。

她在院子里散步。

手里还拎着刚才送银耳羹的托盘，走得慢吞吞的，一会儿看看天上的月亮，一会儿看看窗上的影子。

小时候太小，长大了又忙着挣钱，她其实很少去想家里那场变故，直到，遇上蓝家兄妹俩。

于是便会想，如果家里没有出事，她现在会是什么样？

深宅大院，平时难得出门，身边永远是跟着十七八个下人，稍微被针扎了一下就要请大夫上门；长大后会有人上门求亲，而她最多只能从门缝里偷偷看看那人长什么模样，或者直接被选入宫掖，成为众多妃嫔之一……

嗯，想想也怪没劲的。

"锁锁。"

背后忽然有人唤，沈锁锁一回头，手里的托盘就没了，蓝子槐拿在手里掂了掂："这么沉？"

"侯爷还没睡？"

"你们三个都没歇着，我怎么好意思一个人呼呼大睡？"

沈锁锁轻笑了一下。因为想起曾经的那个小胖墩，除了吃最爱的就是睡。

"笑什么？"

"没什么。"

蓝子槐看看窗上的人影，叹了口气："楚先生真是有办法，我这个妹妹若是学女红也能这么用心，家母就不发愁了。"

"这倒不是疏言有办法，是她自己喜欢。话说回来，她为什么喜欢阵法？"身为一名千金小姐，所学的不该是琴棋书画之类吗？

"是因为家父。家父想找心听之阵，只可惜世上没有后悔药，大错铸成，老天没有给他悔过的机会，不过就是在那段日子里，小楹迷上了阵法。也许她迷上的不是阵法，而是心心念念，想要完成父亲未了的心愿吧。”

“那你怎么不学？”

“因为我恨他。”

沈锁锁一怔。

“我小时候很胖，没有人愿意和我一起玩，只除了一个人。她是沈家最受宠爱的十六小姐，沈锁锁。后来的事你也知道了，他最后在堂上做证，证明她的父亲确实密谋造反……我恨他。老天很公平，带着终生的悔恨而逝，那是他的报应。可即使他遭受报应，一切都回不来了……”

他的声音微微哽咽，顿了顿，他克制住，再开口时，已经镇定如平常：“抱歉，你的名字和她的一模一样，我跟你说话，总像在跟她说话……”

“侯爷，我不姓沈。”

“别叫我侯爷好吗？”蓝子槐苦笑，“你叫我一声侯爷，就像是打我一记耳光。”

“那么，蓝公子，我不是沈锁锁，我是陈锁锁。你跟我说得再多，恐怕也得不到你想得到的原谅。”

“我知道。我不奢望。”蓝子槐吐出一口长气，笑了，“当我叫‘锁锁’这个名字，天下间居然还有人能应我一声……这已经，足够了。”

晚风吹过，带来一阵凉意，星子在头顶，晶莹欲滴，草丛里传来两声蛙叫，一切都被风带得很远。

沈锁锁忽然明白了，那段过去对她来说已经是回忆，而对他来说，却从未离开。

“我不是那位姑娘。不过我想，上一辈的事情她应该怪不到你头上。”

蓝子槐声音一颤：“你是说……她不会怪我？”

“我只是想，你们这么久不见，不论你的愧疚还是想念，对她来说都不太重要。她一定有属于她的新生活了。”

“你说得是……我们已经，太久，太久没有见面了。”蓝子槐神色黯淡下去，长长地叹了口气，换了个话题，“你和楚先生，感情看起来很好。”

不论是谁，只要提到这点，沈锁锁的脸就会发热，咳了一声：“还行。”

“准备……何时成亲？”

“还没定，先找到清和大人吧。”

蓝子槐点点头，还想说什么的时候，房里传出一串清脆笑声，跟着蓝花楹跑了出来，一看到蓝子槐，忙往他身后钻：“大哥，救命！”

“怎么了？你又捣什么乱？”

“先生让我画阵图，说可以随便画，我就随便画啦，哈哈！”

楚疏言出来：“我让你在哪儿画？” 斯文俊秀的脸庞上，顶着一团浓黑的墨迹。

沈锁锁一看，顿时大笑出声：“哈哈哈哈哈哈哈哈……”

楚疏言有些意外，脸上神情柔软下来，走向她。

“你……你别过来……哈哈哈……你……”越看越好笑，沈锁锁笑得肚子疼，“喂，又不是我画的……哈哈，看我干吗？”

楚疏言也笑了，星光温柔，楚疏言的目光比星光更温柔，自从京城出发，很久没有见她笑得这么开心过了。

“真的有这么好笑吗？”

沈锁锁摸摸他的额头，墨迹还没全干，指尖蹭上了一点，轻轻点在他的鼻尖上，又一次大笑起来。不过还没笑完，身子就悬了空，被楚疏言抱了起来，走向房间。

“呆子！干什么？”

“落井下石，毫无同情心，”楚疏言看着怀里的人，叹气，“你说这样的人，是不是该好好教训一顿呢？”

“先生……”

蓝花楹还想出声喊住他，被蓝子槐拉住。

“小楹，他们就要成亲了，你知道吗？”蓝子槐声音很轻，既像是说给蓝花楹听，又像是说给自己听。

“可是，她根本配不上他！”

“住口。”蓝子槐冷冷道，“锁锁配得上这天下任何一个男子！”

蓝花楹吃惊地看着他，“大哥，你糊涂了吧？这个锁锁，不是你那个锁锁！”

蓝子槐张了张嘴，终于还是闭上，转身走了。

十

夜很深了，人也安静下来了。

虫奏蛙鸣，南方的夏夜格外热闹。

沈锁锁拿帕子沾湿水，一面替楚疏言擦额头，一面笑。

“还笑？”楚疏言捉住她的手，“看来还没教训够？”

沈锁锁口称“不敢”，但脸上的笑意可没少一分。

楚疏言面上恼怒，心里却全是温柔与安宁。对，他的锁锁，就该这样笑着，无忧无虑。

“锁锁，阵图已经有眉目了，有座古阵和修罗阵附近的地形很是吻合，想必也是因为有阵法保护，修罗阵主才逃过搜捕。我想我们很快就可以找到清和了。”

沈锁锁看着他，没有说话，忽然伸出手，轻轻覆上他的眼睛。

他的眼睛满是血丝，这么多天大概没有睡过一个好觉。

“锁锁，你不高兴吗？”

“我高兴什么？你把眼睛熬得这么红，万一瞎了怎么办？万一生病怎么办？万一短命怎么办？我可不想当寡妇。再熬夜看我怎么收拾你！”沈锁锁恶狠狠道。

虽然看不到她的脸，也知道她现在的样子有多凶。

楚疏言笑了。

再辛苦又如何？她想做的他都会帮她去做，她想要的他都会捧到她面前来。

他一定会把清和毫发无损地带回来。

十一

夏季多雨，倾盆大雨往往是说下就下，说停就停，全没个准数。四人把马换成了马车。原本是楚疏言和沈锁锁一辆，蓝家兄妹一辆，为着楚疏言和蓝花楹讨论阵法方便，沈锁锁和蓝花楹换了位置。

蓝花楹总算愿意对沈锁锁笑一笑，之前好些天都像沈锁锁欠了她几万两银子似的。

不过代价就是，沈锁锁得和蓝子槐共处一辆马车，每次抬头，沈锁锁总能发现蓝子槐的视线停留在她身上，目光深深，让她十分心虚，干脆闭上眼睛，装睡。

中午打尖的时候，雨还没有停，蓝花楹先跳下车子，她穿一身极宽大的衣服，袖子长出一截，折在腕子上。

沈锁锁眯起眼，这是楚疏言的衣服。

“大哥，锁锁姐姐，吃饭啦！先生说下雨了，要我多喝点儿姜汤，锁锁姐姐你要不要也来一碗？”蓝花楹笑得甜蜜，“先生真好，我说下雨有点儿凉，先生就把衣裳脱下来给我了。”

“不客气，我家书呆子就是心地善良，路上遇见小狗冷，也会把衣裳脱给它的。”沈锁锁笑眯眯，“别站在这里聊天，快喝姜汤去，多喝几碗。”

回头打着伞，去找楚疏言，楚疏言正全神贯注看阵图，沈锁锁咳了一声。

楚疏言抬起头：“嗯，我这就来。”

沈锁锁问：“你外裳呢？”

“小楹说她冷，问我借，我就给她了。”

沈锁锁点点头：“那我现在也冷，你拿什么给我？”

楚疏言正想去包袱里拿，猛然从沈锁锁的脸色上反应过来这不是一个简单的问题，再一想，他的脸上露出了大大的笑容：“我知道了。”

“你知道什么？”

“没什么。”

“什么没什么？”

“没什么，就是没什么。”

他越笑，沈锁锁越恼：“到底是什么？有什么不能说的？我偏要你说！说！”

“好吧。”楚疏言投降，“锁锁，你吃醋了。”

沈锁锁愣了一下，随即满面通红：“你才吃醋！吃你个头！”

吃醋吃醋吃醋！你们全家都吃醋！她沈锁锁是安郡第一红娘，多少痴男怨女在她手底下走过，她会吃醋？还是吃一件衣服的小醋？不可能！

她愤愤地进店坐下。这是家饺面店，蓝家兄妹从京城出来，好些时候没看到饺子了，因此叫了几大盘，小二问：“客官要醋还是要酱油？”

“要醋。”楚疏言从后面走来，在她身边坐下，再加一句，“多多的醋。”

他没有伞，衣裳湿了一半，脸上也水光泠泠，发丝垂下来一两缕，同样是被雨淋湿，他却比别人多湿出一分烟雨氤氲的清雅之气。沈锁锁瞪到一半便发觉自己瞪不下去，淋湿了居然有种意外的好看，真是过分！

她闷声不响地往肚里塞了十来只饺子，然后拿起醋瓶子，往楚疏言的盘子浇下去。

“既然喜欢，那就多吃点儿，慢用。”沈锁锁露出一个假假的笑容，对他说，说完，转身出去。

楚疏言没有说话，只是低着头，双肩微微颤动。

“锁锁姐姐怎么能这样？”蓝花楹忙把盘子里的醋倒出来，“她怎么了？好像很生气的样子……天哪！是不是因为我穿了你的衣裳？我……我真不知道锁锁姐姐会因为一件衣裳生气，怎么办？要我脱下来吗？”

楚疏言点点头：“好。”这个字出来，蓝花楹才发现他是笑着的，他一直在……笑，笑得眼泪都快出来了。

蓝花楹呆了半晌：“我……这么多人，我宽衣解带不方便……我……”

楚疏言拿出荷包，递给她：“一会儿你出去，斜对面有家裁缝铺子，给自己买身衣裳。以后我的衣裳不能借你，锁锁生气了。”

蓝花楹接着荷包，越发呆了：“先生，你……这么怕锁锁姐姐啊？”

“对。”楚疏言道，“很怕。”

他的神情很柔和，柔和得像一缕春风。

他怕她。怕她生气，怕她伤心，怕她难过，怕她流泪。

“你们慢用，我先失陪。”他说完，起身去找沈锁锁。

蓝花楹呆呆地看着他的背影，眼前脑海，全是他方才的那丝浅浅笑意。

楚疏言是温和的，不管她默错多少次阵图，他也没有生过气。她觉得他对她好温柔。但直到此刻，她才知道，楚疏言真正温柔起来是什么样子。

十二

楚疏言走到马车边，敲了敲窗子。

沈锁锁掀开帘子，看到是他，立刻又放下。

但，外面的雨没有停。

“锁锁，下来。”

沈锁锁手抓着帘子，阻止自己下去：“凭什么？我不下！”

我不下，你不会上来吗？死呆子！

“因为你和别人坐在一起，我会吃醋。”

楚疏言在雨中，头发与肌肤都濡湿，眸子漆黑，双颊微微泛红。

沈锁锁还想嘴硬，身体却比嘴皮子更诚实，下车打起伞，骂道：“淋雨好玩吗？淋病了吃药看大夫不要钱啊？”

楚疏言牵起她的手，低低道：“锁锁，你吃醋的样子，很可爱。”

真是哪壶不开提哪壶！沈锁锁的脸红得能滴出血来，她发誓，要不是因为下雨，她才懒得理他！

“松手！”

“不。”

“松开！”

“不。”

伞下两个声音，一个气急败坏，一个气定神闲。

十三

在七月来临之前，他们靠近了阿洛，住在离阿洛最近的一家驿站里，和修罗阵曾经的战场隔河相望。

驿站十分破旧，连浴桶也没有，驿丞身兼数职，一个人跑上跑下，指着不远处的小河热情地向他们推荐：“那段水最好了，又清又凉，我们都在那儿洗！不过小心别过河啊，再过去就是当年的修罗战场，有妖怪！”

沈锁锁问他什么妖怪，驿丞叹了口气：“这个说来话长，从前阿洛国没打下来的时候，附近就有个传说，说那边山谷里有个神仙，只要去拜的人，便能永结同心，所以那儿就叫同心谷，阿洛人常去拜……”

“这不是月老的活儿吗？”沈锁锁咕哝，“我师父什么时候在这儿也有个窝？”

驿丞没听清，接着道：“后来九王爷把阿洛打下来了，现在我们也能过去，这不，好些个年轻人就爱在那边溜达，可总有人往山谷里转深了，就回不来，你说世上哪有这么邪门的神仙，定是个妖怪！”

沈锁锁看向楚疏言，楚疏言点点头，有些地方总有奇景异事，往往就是因为有古阵法留存。

“明天去看看。”

古阵图已经研究了许多遍，应该就是修罗阵附近，说不定就是驿丞所说的这个，只是，不知是蓝花楹记错了，还是书上的记载有误，这座古阵另辟蹊径，有两座阵心，这就意味着，需要两人同时进入阵中。

好在蓝花楹熟知阵法，可以和他一起入阵。

晚上，楚疏言最后一遍用算筹和石子布阵，一碗甜羹送到面前。

“怎么还不睡？”楚疏言抬头，这才发现不是沈锁锁，而是蓝花楹。

“今天不是锁锁姐姐做的，”蓝花楹头发有点儿蓬乱，脸上也有点儿灰痕，活像一只小花猫，眼睛明亮，“这是我头一回下厨，做了三次才好，先生你尝尝看！”

楚疏言笑了：“小楹，我跟你说件事，你别告诉锁锁。”

“原来，先生也有不想让锁锁姐姐知道的事吗？”蓝花楹的眼睛越发明亮，几乎要溢出水来。

“我其实不大爱吃甜食。”

蓝花楹明亮的表情顿住了：“可是，锁锁姐姐每次做的，你都吃完了……”

“那是她做的，我自然要吃完。”楚疏言说着，微微笑了，“她头一回下厨，做的也是银耳羹。”

沈锁锁的厨艺不怎么好，也舍不得浪费三次试手艺，所以真的很不好吃。

但楚疏言依然很快地吃完了。

所以，她以为，他真的很喜欢银耳羹。

原来不是。

老天好像在开她的玩笑。她看到了他全部的美好，但这所有的美好都只属于另一个人。

蓝花楹僵在当场，无法下台。这是她硬生生要挤上来的舞台，上来之后才发现，这唯一的观众，只在那一个人登场的时候才会观看。

“我……哪一点比不上她？”蓝花楹低低道，“身份地位，权势富贵，容貌才华，有什么，是我不如她的？”

楚疏言怔住了。他虽然没有收她为徒，但一直是当弟子来教，既是弟子，他便一直当她是晚辈。

但晚辈显然不该问长辈这种问题。

“小楹，小孩子不要问这些。”

“我不是小孩子！”蓝花楹重重地把碗一搁，愤怒地道。碗里的羹汤洒出来，溅在手上，黏黏腻腻，抹不开，挥不去。她的眼泪“唰”地流下来，“你难道不知道，我比她不过小一岁而已！”

楚疏言叹了口气：“是我失言了，抱歉。”

“她去年才认识你，而我，早在五年前，就知道你了……”

蓝花楹哭得抽抽噎噎，“我见面就拜你为师，你大约当我是一时兴起，可是你不知道，这一天，我已经等了五年。”

“五年前，父亲得到《蟠矶集》，家里进进出出许多阵法师，每个人都想找到心听之阵，最后他们一个个地摇头，父亲一次次地失望，直到有一次，有人说，若是这世上有人能做到这件事，那个人必然是楚疏言。楚、疏、言。”

她一个字一个字地吐出这个名字，泪水流了下来：“我常想，如果父亲能再等等，也许你就来了，也许他就能实现心愿，因为他们都说，你是当世第一……”

也就是从那个时候起，“楚疏言”这三个字，变成了她的信仰。

“从那时候起我就想知道你是什么样的人，我想知道你平常都爱做些什么，我收集所有你画过的阵图，我认识清和，也是因为听说他请你修过密室。我还想过去问武院找你……可是母亲不允，于是我只有等啊等，等着上苍哪一天开眼，让我见你一面。”

“那天我见到你了，我高兴得不知道怎样才好。那对于你来说是初见，可对我来说，是等了漫长的时间才有的相逢。”

楚疏言略有窘迫：“如果你真要拜师——”

“不，我不要。”

楚疏言愣住。女孩子的想法，好像天边的云那样变幻万端，难以捉摸。

“我最开始是想拜师的，因为我不知道除了拜师，我还有什么办法能再见到你。我后来也是想拜师的，因为你懂那么多，所有的阵法师加起来也不如你一个人，可是，慢慢地，我不想了。”

越是相处，越是了解，便越是清楚，他是一块不染尘埃的玉，她要想再找到这样一个如玉的君子，是不可能了。

“我不想拜师了，因为做了你的弟子，就没办法成为你的妻子。”蓝花楹脸上哀伤如雾，凄美至极，“先生，我不想做你的弟子，我想做你的妻子……”

灯火温柔昏黄，长夜寂寂，她仰头看着楚疏言，虔诚宛如仰望神明，纤细的脖颈宛如花茎。

楚疏言很是尴尬，想了想，他提起茶壶，把自己的杯子斟满。他的手很稳定，茶水满到杯口，差一点点就要溢出来。

“小楹，你看。人的心就像这只杯子，我的已经被斟满了，不管还有什么茶，不管别的茶有多好多香，这杯子都盛不下了。”

楚疏言看着她，目光清澈温和：“你该做的，不是试图往一只已经斟满的杯子里倒水，而是，去找一只属于你的空杯子。知道吗？”

蓝花楹绝望地摇头，泪水止不住地从眼角滑下来：“你真的不答应我吗？”

楚疏言无奈：“小楹，这种事情，我没有办法答应你。我的杯子已经满了，哪怕一滴也盛不下了。”

蓝花楹慢慢地站了起来，流着泪看着他，终于知道自己没有办法令他有哪怕一丝动心。

“那你就一个人去破阵吧！”

女孩子尖叫着，捂住脸，跑了出去。

十四

第二天，蓝花楹整整一天没出房门。

原本今天是预计找古阵的日子。

到了晚上，蓝花楹终于起床了，她道：“我要回家。”

沈锁锁很想问“阵法怎么办”，楚疏言用眼神止住她。

蓝子槐也觉得现在离开不太好，但妹妹为情所伤，饱满的小脸瘦了一圈，勉强她留下来，只不过徒添痛苦。

回到房里，沈锁锁问楚疏言：“你一个人行吗？”

楚疏言没有回答，只是抱住她。

“疏言？”

“锁锁，要是当初我在修罗阵里没有回来，你会怎么样？”

“不回来就不回来，有什么了不起？”

楚疏言轻轻捏了一下她的鼻子：“说实话。”

说实话啊……她把脸贴在他的胸前：“我不知道……也许还是卖红线，牵姻缘，一直到三十岁，四十岁，五十岁，六十岁……变成一个老太婆，多带几个徒弟，多赚点儿银子，养几个小白脸……”

越说越不正经，楚疏言却痴痴地看着，痴痴地听着。

“会想起我吗？”他痴痴地问。

“当然……不会！”沈锁锁说着，踮起脚尖，在他唇上轻轻一碰，退开时被捉个正着，楚疏言紧紧地搂着她，比任何一次都吻得热烈。

“……疏言？”沈锁锁觉得他好像有哪里不太一样，“你还没有回答我，一个人破阵有把握吗？”

“我答应你，如果清和真的被困在阵里，我一定会把他带回来。”

“我是问你会不会有事！”

楚疏言看着她，眉眼全是温柔笑意：“当然，不会有事。”

沈锁锁松了一口气。

“笃笃”，门上有人轻叩：“锁锁，在吗？”

“是蓝子槐，大约是来向你辞行。”楚疏言松开她，“去吧。”

沈锁锁有点儿依依不舍，回头看他：“等我，我一会儿回来。”

楚疏言点点头。

蓝子槐果然是来向她道别。这一别之后，余生可能都不会见面了。

才说话，台阶上就爬过一只巨大蜘蛛——这也算是靠近阿洛的特色，什么虫子都能长特别大。

沈锁锁吓一跳，蓝子槐一脚踩死了它。

有一瞬间，两个人都有点儿恍惚。

很小很小的时候，某一次，有个小胖墩被毛毛虫吓得哭，伶俐的女孩子从天而降，踩死了虫子。

那是他们相识的开始。

只是，那已经是很久以前的事了。

新月淡淡的，星光很明亮，两人走在小路上，山风吹过，带来植物的芳香，两个人都没有提小时候的事，也没有问明天之后的安排，踏着月，踏着风，蓝子槐偶尔指着远处腾起的黑影：“看，是鸟。”

“嗯。”沈锁锁道，“一只大的，还有一只小的。”

对话再简单不过。

最后，蓝子槐道：“等你们选好了日子以后，别忘了送一份请柬给我。”

沈锁锁点头。

蓝子槐回身，沈锁锁忽然叫住他：“子槐。”

蓝子槐全身定住，过了良久，才回头：“我以为，这一生都不会听到你这样叫我。”

“我就想问问，你是什么时候认出我来的。”

“你和楚先生在一起的时候。”

沈锁锁微微一愣。和楚疏言在一起的时候？她天天和楚疏言在一起。

“锁锁，你知道吗？和楚先生在一起时，你笑起来的模样，像极了小时候。”

也就是说，在最初的时候，他就认出她了。

十五

沈锁锁回到房内，楚疏言却不见了。

驿丞带着几个人，打着火把，敲着铜盆：“还有没有人？还有没有人？有大侠帮我们抓妖怪啊，大家快来！”

沈锁锁拦住驿丞：“什么妖怪？什么大侠？”

“了不得，山洞里的妖怪又吃人了！王家的阿福和张家的小春，因着家里不同意他们的婚事，就去求神仙，你说世上哪有这么邪门的神仙，定是个妖怪！我们再不去救人，只怕连骨头渣都剩不下！”驿丞说，“我们大家原本要去打妖怪，后来大侠说他是问武院弟子，他可以帮我们，所以我赶紧再召集点儿人手！”

沈锁锁心里陡然升起一丝不祥的预感，明知道不会有错，还是问：“谁？哪个问武院弟子？”

“就是和你们同行的那个大侠啊！”驿丞说着，不再停留，赶忙去了。

沈锁锁腿一软，几乎晕倒，蓝子槐也听到动静，赶过来，快一步扶住她：“锁锁，怎么了？”

“书呆子……书呆子去破阵了……”沈锁锁全身发抖，牙齿颤得咯咯作响，“他没有跟我说一声，就去了……他骗我，他一定是骗我，这个阵，一个人破不得的！”

蓝子槐一惊，大概明白了事情的要紧处，回房将蓝花楹拖了出来。

蓝花楹不肯：“我为什么要去？他是我什么人？我为什么要陪他一起去？那是多少年前留下来的古阵？我是你亲妹妹，你就不怕我进去了就出不来吗？”

你就不怕我进去了就出不来吗？

这句话像是在沈锁锁心头插了一刀，沈锁锁拎起裙摆，去追驿丞他们。

“锁锁！”蓝子槐追上去。

十六

一行人打着火把，浩浩荡荡越过小溪，再往前几里就是当年修罗阵的战场。但阿洛草木生长极快，眼下已经看不出任何战斗的痕迹，野草、藤蔓和茁壮的树苗覆盖了一切。

驿丞和壮年男子在前面开路，越过战场不远就是一处山谷，三面高山环绕，像是巨兽张着血盆大口，准备吞噬众人。

前面的人不由自主停下了脚步，说不害怕都是假的。

驿丞正要鼓舞一下大家，却听身后有人道：“等一下。”

众人只看见一个极斯文的年轻人排众而出，一看就是个读书人，只怕刀也拿不动，但那温文尔雅的气度，令人一望便心生好感。

“以谷口为界，请驿丞派几个人守着，任何人不要过界。我先进去，三天后，如果我还不出来，你们就把这谷口封了，免得后患无穷。”

驿丞连忙答应。

“等等……等等……”沈锁锁飞奔而来，几次被脚下的藤蔓绊倒，重新爬起来，拼命狂奔，“楚疏言，等我，等我！”

她隔得还远，楚疏言知道，现在是入谷的最佳时机。

可是，她绊倒，又爬起，爬起，又绊倒，跌跌撞撞，声音带着哭腔，他无法挪开脚步。

沈锁锁终于奔到了，几乎是撞进楚疏言怀里。

“锁锁，”楚疏言抓住她的肩头，看着她，低声地，飞快地，“以前你说，愿清和活着，愿和我一起死，但我不要，不管我是活是死，你都要活着。活得好好的。”

“不，疏言，你听我说，听我说……”沈锁锁心内焦灼，身体颤抖，连声音都是发抖的，“我不要你去，我不要你死，我不要你死……”

楚疏言笑了一下，重重在她唇上一吻，把她往蓝子槐身边一推，飞身入谷。

“不！”

沈锁锁凄厉地大喊一声，跟着冲进了谷内。

“锁锁！”蓝子槐要跟着冲进去，被随后而来的蓝花楹死死拉住，就这么一耽误，她的身影已经没入了夜色中。

“她不懂阵法，她不懂阵法，你知道吗？”蓝子槐吼道。

“你也不懂！”蓝花楹叫道，“为什么你们都要去送死？”

蓝子槐绝望地摇头，泪水流下来：“小楹，你口口声声说喜欢楚疏言，可你根本不懂什么叫喜欢，你也不配叫人喜欢。”

十七

谷中寂寂。

面前是两条小路。奇异地，阿洛植物疯狂生长的能力没有在这里施展，青石板路一左一右，分别通往不同的方向。

“楚疏言！”

沈锁锁大叫，山谷回声：“楚疏言！楚疏言！疏言！疏言！言！”

该走哪条？

没有选择，任何选择都是一样的，全是未知。

“楚疏言！”她一边叫着他的名字，一边跑向右边。道路曲折，蜿蜒，不知拐了多少道弯，她大声喊他的名字，无法停下来。

忽地，小径一个急转，眼前一暗，她进了一座山洞。

阵法中多有奇妙，也许这并不是山洞，而只是布阵的人想让她看见一座山洞。洞里昏暗，无比幽深。

但，生也罢，死也罢，不论前面是什么，她都不能停。

每一次，都是她把他推向死亡的深渊。

若拉得回来，她拉他回来，若拉不回来，她陪他一起！

完全不管什么机关阵法，沈锁锁闷头就往前冲，结果重重地撞在一堵墙上，骨头仿佛要散架。

来路已经看不见了，去路被堵死。

“楚疏言……”沈锁锁叫着这个名字，眼泪滑落，“楚疏言你在哪里？你给我出来啊！”

“锁锁？”楚疏言的声音里满是震惊。

不知道是不是幻觉，她听到了他的声音！

“疏言！疏言！”她又哭，又笑，爬起来，四处找这个声音。

“你来干什么？”话里有太多的责备，可是现在，再多的责备也没有意义了。那边的声音经过长长的呼吸，镇定下来，“锁锁，你听好我的话，每个字都要听清，不管你发现自己身在什么地方，都不要害怕，笔直往前走，如果有什么挡住你，就大声告诉我。”

“你听得到我说话！”沈锁锁喜极而泣，“我现在面前就有一堵墙！”

楚疏言细问那堵墙的大小，厚薄，凹凸或夹缝，任何一个细节都没有放过，沈锁锁一一照着说，那边沉吟良久：“最左边第三道缝隙，我数三下，你把簪子扎进去试试，记得，一定要轻，一、二、三。”

这是沈锁锁第一次破解机关，手心全是汗，几乎握不住簪子。但他的声音是最好的安慰。“嗒”，墙壁深处传来一下轻响，墙缓缓移开。

沈锁锁喜不自胜，可墙后面并没有楚疏言，墙后面只有一个石洞。

“疏言？”

“锁锁？”那边的声音几乎是同时响起，里面全是担忧与紧张，沈锁锁完全能想象出他现在的模样，一定把自己绷成了一根紧紧的弦吧？

“我没事，我很好，”沈锁锁道，“我会听你的，你说什么我都做，我们一定可以出去的。”

“对，锁锁，这是天意，你误打误撞，找对了方向。你不要乱动，我带你出去。”

隔着冰冷的石壁，沈锁锁心中全是暖意。

接下来的好几道机关，都在楚疏言的指点下一一化解。只是，每一道都比前一道花了更多的时间，眼前一道足足等了近一个时辰还是没有消息。

不知道是机关越来越难，还是楚疏言越来越累。机关阵法，说到底最后都是计算，这样的计算往往最为劳神。

眼前的机关比前面的都要显眼，一左一右，两个并排的石头雕的拉环，生怕别人看不到似的，就在石墙正中。

“疏言？你还好吗？”

“等一等。”

这一等又是极其漫长的一段时光，良久之后，楚疏言道：“锁锁，我有点儿累了，你陪我说说话吧。”

沈锁锁巴不得这一句：“可以骂人吗？”

那边的声音里有一丝笑意，“骂吧。”

“笨蛋！白痴！浑蛋！杀千刀的！”沈锁锁气壮山河，滔滔不绝，“你是什么意思？你要我活，你自己死？楚疏言，我恨你！如果不是我追来，你是不是就这样走了？你、你连个招呼都不打……”

骂着骂着，她的声音哽咽了，自己抹了抹眼泪：“危险就危险，说一声会死吗？就算万一有个三长两短我要给你披麻戴孝也要提前去扯好麻布啊！”

“我怕我说了，你就不让我进来。”

“当然不让！”

“那清和怎么办？”

“……”沈锁锁心中一窒。

“看到了吗？锁锁，清和有事，你同样受不了。我进来不一定就是送死，天底下还没有能困住我的阵法，进来试试也不坏。”楚疏言的声音很轻松，“锁锁，想想看，万一这世上没有我，你会怎么办？”

沈锁锁眼泪还没干，愤愤道：“又来这套！你又想干什么？”

“别紧张，只是聊聊天。你的《相思录》上，可有适合拿来做丈夫的？”

“哼，自然是有的。”

“哦，都有哪些？”

“论沉稳冷静，当推第一剑客靳初楼，可惜据说性子太冷，跟他过日子多半要被闷死。要论身家，那就是唐门家主唐从容，除了轻功绝佳，相貌也是一流，只是听说一身暗器，不好不好；唐门的老祖宗也很不坏，据说人品风流，很多女人喜欢……”

沈锁锁一一道来，如数家珍，说了半天，还是觉得楚疏言清雅温柔，比谁都好。

“蓝子槐如何？”

“他又不在我的《相思录》上。”

“锁锁，如果你家不曾出事，你现在是不是已经是蓝夫人？”楚疏言的声音低低的，“你将在深宅大院相夫教子，免于奔波，免于辛苦。荣华富贵，雍容一生。锁锁，蓝子槐并没有忘记你。”

沈锁锁皱眉：“你什么意思？”

“我是说，那样的人生，如果你愿意，马上可以开始。”

“你到底什么意思？”沈锁锁跳了起来，“你若是吃醋，那便罢了，你若是有别的什么打算，我，我，我……”连说了三个“我”，泪水盈于眼睫，哽咽，“我不会放过你！”

那边良久地沉默，石洞里只有沈锁锁微颤的回音。

“都说了，闲聊而已。”楚疏言开口，“好了，锁锁，现在，我数到三，你拉动右手石环。一、二、三。”

“我爱你。”

什么？

沈锁锁似乎听到了那低低的一句，手上已经拉动石环，雪亮的光芒陡然从石墙内涌来，刺得人睁不开眼睛。

十八

光芒好一会儿才消失。

沈锁锁勉强睁开眼睛，发现这堵石墙后面终于不再是无尽的山洞，眼前是成排的书架，一道又一道，几乎成百上千，看不到头。再一看，这是分作两层的高楼，也就是说，这山一样多的书，楼下还有一堆。

书架是上好的紫檀木，光是书架就值不少钱。

这山谷里面居然藏着这么多书？

据说越是复杂的阵法保护的宝藏越是珍贵，现在看起来，外面那道阵法就是在保护这些书了，书呆子看见了一定高兴得很吧？

“楚疏言！”她叫，“楚疏言你在哪里？”

没有人应声。

“楚疏言！”她再次大叫，声音大得喉咙都有点儿刺痛，“楚疏言你给我出来！”

眼泪冲出了眼眶，她想起了他最后的那一句……他说，我爱你。

这个浑蛋……他还是做了……还是选择为她奉上自己的性命……

“你给我出来，你给我出来……楚疏言，你给我出来……”她回身扑向墙壁，想要再回到石墙里，可石墙已经消失了，背后是雕花的窗棂，古朴雅致。她打开窗子，外面是连绵的屋宇，三三两两的人们在回廊与屋檐下穿梭，每个人的衣摆上都绣着一只亮翅的仙鹤。

这是……哪里？

“姐姐？”

背后忽然响起稚嫩的童音，一个八九岁的小男孩站在她身后，手里捧着一堆比人还高的书，头发梳得整整齐齐，黑漆漆的眼睛看着她：“姐姐是你找我吗？”

“我找你？”沈锁锁声音低哑，如同梦游，“不，我找的人不是你，我找的人，他叫楚疏言……”说出这个名字，她的眼泪又流下来了。

“我就是楚疏言。”小男孩认真地道。

什么？

沈锁锁睁大了眼，张大了嘴，喃喃：“你、你说你是谁？”

“我就是楚疏言。”小男孩乖乖重复一遍。

楚疏言！沈锁锁差点儿叫出来！他的眼睛温润，皮肤白皙，高挺的鼻梁已经有了日后长大的模样，特别是认真地望着人的样子，像极了楚疏言，不，比楚疏言还要秀丽可爱！

小楚疏言！

“你、你、你真的是楚疏言？”

小男孩点头。

“洛、洛、洛阳楚家的楚疏言？”

小男孩点头。

“问武院无身刃状元楚疏言？”

小男孩有点儿羞赧地摇头：“我……我还没有拜师，更不是状元。”

他脸红了！沈锁锁捂住胸口，他脸红的样子……好可爱！

这是梦！这一定是做梦！对，是梦！她和楚疏言没有陷入可怕的阵法，这一切都是她在做梦！

十九

半炷香工夫后，沈锁锁已经同小楚疏言规规矩矩地并排坐在楼梯上，因为小楚疏言提醒她“地上不可以坐”“人要坐端正”“夫子说，人不正，心不正”之类。

果然是楚疏言……

“所以，你今年十岁？”

小楚疏言点点头。啊啊，怎么连点头的样子都这么可爱？沈锁锁动用了全身的力量才没有伸手捏他的脸。

“怎么来问武院的？”

“和朋友来的。”

“莫行南？”

“嗯。”

沈锁锁捂胸口，他又点头了，又点头了！

“那，你是打算拜师了吗？”

小楚疏言摇摇头："我还没想好。"

"为什么？"

"我娘会想我。而且，这些书我可以自己看。"

沈锁锁看着他身边堆得比人还高的书，啧，小小年纪，嚣张哦！无身刃状元了不起吗？

"那你看书，你看书，我不打扰你。"沈锁锁笑眯眯地托着腮，看着他。

小楚疏言问道："可是姐姐，你找我什么事？"

"我……我是天上的神仙姐姐，特意下凡来看看你读书认不认真。"沈锁锁笑眯眯，"如果认真的话，上天就会赏你一个天底下最好的娘子。"

小楚疏言点点头："娘子就是老婆。"

"对，就是老婆。"你很懂嘛。

"但我不需要。"

"为什么？"

"老婆会管老公，有老婆之后，做什么事情都要老婆同意。我爹就是这样。"

"真的吗？看不出来你爹有这么疼老婆。"

"我娘不高兴会让我爹跪算盘。我不要跪。"

"放心啦，放心啦，我不会让你跪。"

"嗯？"小楚疏言抬头看着她，疑惑。

"呵呵呵，随便说说，开玩笑的。你看书，看书。"

小楚疏言便抱起书看了起来。

她最喜欢看他看书的样子，眉眼低垂，眼神凝定，仿佛高僧入禅，叶不沾衣。

“楚疏言……”她忍不住唤，小楚疏言又抬起头，很好的耐性，并不嫌被打扰。她连忙摆摆手，示意他不用理会。

楚疏言，楚疏言，楚疏言。她在心里一声一声唤。

楚疏言，你听得到吗？我在梦里，遇见了小小的你。

窗外的树木扶摇，是春天吧，叶子绿得那么鲜亮。两只小鸟扑啦啦从树梢飞过，一只蚂蚁爬过木板的缝隙。

好安静，听得到时光洒落的声响。

“咕……”

奇怪的声音划破这片宁静，沈锁锁下意识捂住自己的肚子，然后才发现不是，因为又一声从小楚疏言的肚子里发出来。

“我好像忘了吃午饭。”

小楚疏言严肃地想起。

“包在我身上！”沈锁锁一跃而起，不过，这不是梦吗？为什么方才被撞痛的地方感觉这样清晰？这样的念头一闪而过，她拉着小楚疏言的手问：“厨房在哪里？”

二十

已经过了饭时，厨房里没人在。

沈锁锁看了看，找到一盆泡好的绿豆，大喜：“你等着，我给你做绿豆汤。”

“哦。”小楚疏言摸着自己的肚皮，点点头，低头又看起了书。

沈锁锁一边忙碌，一边道：“我觉得，你还是拜师吧。你想啊，你再厉害，也不过是个孩子，总会遇上你看不懂的东西。还有，你娘虽然会想你，但你学成之后名满天下，她是不是也会很开心呢？”

小楚疏言拿着书，闻言，陷入了深思。

没多久，绿豆汤好了，沈锁锁端到他面前：“咳咳，柴多加了点儿，火有点儿大，稍微煳了一点儿，不过不要紧，我放了很多糖，应该很好吃。”

是吗？

小楚疏言看着碗里的糊状物，脸上写着这两个字。

不过他实在太饿了，还是拿起了勺子。

吃完之后，他想，甜食这东西，真的很难吃。

“好吃吗，好吃吗？”

面前的人眼睛亮晶晶地问他。

这个时候说“不好吃”好像不太好，所以他只好点点头。

又点头了，又点头了！沈锁锁的心快要软化了，牵起了他的手，准备离开。

门拉开的那一霎，又是雪亮强光涌入，刺得人什么也看不见。

二十一

有什么东西洒在脸上，轻轻软软，又湿湿凉凉。

还有一股淡淡的芳香。

楚疏言睁开眼睛，被炫目的阳光刺得再一次闭上，要拿手挡住，才能看清眼前。

眼前，是一片淡紫色的花海。

盛开的紫藤，玲珑剔透，像仙子的宫灯，一串串，一枝枝，开得漫天都是。

“醒啦，醒啦！”

这声音可真是好听，穷尽全天下所有的辞章，也不足以形容其娇柔清脆之万一，他眯起眼，就见紫色花海形成的天空上，花枝盘横之间，有一个小小的人影，看不清脸，只见到一双笑得弯弯的眼睛。

“哗啦啦”……

又一阵雨下，雨滴和花瓣一同洒在他身上。

他才发现原来是那小小人影在树上跳，而自己躺在地上，不知躺了多久。

他怎么会在这里？

这不是沈家旧宅的墙外吗？

“大哥哥，快起来哦，黄妈说过，躺在地上会着凉的！”

一张小小的面孔从花枝间探出来，眉目清灵，齿白唇红，眉心还贴着一朵花钿，可惜贴歪了，显然是自己偷偷贴的。

这一定是仙界。

楚疏言心中一阵晕眩，这样想。

“锁锁。”

他轻轻地叫出这个名字。

“咦？你怎么知道我的名字？”小人儿无比惊奇，眼睛睁得圆溜溜的，和长大以后的样子一模一样。

“锁锁……”轻轻地念着这个名字，竟有要流泪的感觉，原来，这就是小小的锁锁。

“快说，你怎么知道我的名字？你是不是神仙？”

小小的锁锁凶巴巴的，对神仙也毫不客气。

楚疏言摇摇头，又点点头。

“是，还是不是？”

“算是吧。”

“神仙哪有算的？定然不是！”小锁锁在花枝上扮了个鬼脸，“你是个偷小孩的花子！”

楚疏言一旋身上了院墙，小锁锁看得目瞪口呆：“神仙，你真是神仙！我就说，没有花子长得像你这么好看的！”

小锁锁一面拍马屁，一面在花枝上往后爬，准备跑路。

楚疏言看着她，心底像被凿了一个泉眼，清甜的汁液止不住地往外冒，他拉住她的手，小锁锁拼命叫起来：“别抓我，别抓我，我只是个不值钱的小孩，没人买的！”

楚疏言再也忍不住，大声笑了起来：“你别怕，我不抓你，我只是……来陪你玩会儿。”

“玩什么？”

小锁锁一面问，一面东张西望，伺机想逃。

楚疏言爱死了她这副小模样，捧在手心里也怕把她热化了：“你想不想上街？”

小锁锁眼睛一亮，又有点儿害怕。楚疏言想起来了，大人常吓唬孩子，花子总是用上街的借口骗小孩，看来黄妈真没少在这上面花心思。

想了想，楚疏言掏出荷包，从里面掏出银票、散碎银子和金瓜子：“看到了吗？我自己有钱，所以用不着抓小孩换钱。假如你喜欢，我还可以给你一点儿钱。”

小锁锁歪着头看看他，伸出肉乎乎的小手，一只手抓了一粒金瓜子。

“会不会太少了？”

小锁锁想了想，又抓了一粒。

楚疏言把银票塞进她的袖子里："记住了，这个才最值钱。"

小锁锁感动了："大哥哥，你真好。"

"现在可以上街了吗？"

"上街不要，街上有好多花子，我想去那边。"她的小手指着隔壁的角门，"那边搬来了新邻居，我想去看看。"

从这个高度，可以看到那边院墙里人来人往，正在搬东西各自忙碌。那是蓝家，她家现在的邻居，未来的好友，再未来的……仇家。

而现在，命运尚未揭起面纱，一切都还没有来得及发生。

"好。"他道，"到我这儿来。"

小锁锁便顺着花枝，爬啊爬啊爬，爬到他怀里，自动找到一个舒服的位置，团作一团，手抱着他脖子，示意他可以下去了。

楚疏言心里开满了一朵朵花，整片天空都变成了粉色。

下人们都在前庭和后院忙碌，角门没开，楚疏言悄悄运了一点儿掌力，震断那原本就不太牢固的门闩。

小锁锁扭扭身子下来，看到松树："哇，好高，高到天上去了！"看到假山："咦，不好看，没有我家的好。"她还要往前，忽然传来人声，几个下人往这边搬东西，楚疏言忙抱起她，闪身到一间屋子后，小锁锁悄悄问："我们为什么要躲起来？"

"因为……"因为我带坏小孩，居然教她不问而入，楚疏言十分汗颜。好在小锁锁根本没有执着于答案，她看到了更有趣的东西，欢呼一声，扑过去。

米缸。

为什么所有的小孩都喜欢玩米呢？

此时此刻，包括并不遥远的未来，楚疏言都有这样的疑问。

小锁锁在米缸里玩了一下午，最后，在米缸里累得睡着了。

楚疏言抱起她，把她送回家。

小锁锁迷迷糊糊，抱住他的脖子："神仙哥哥，明天还来找我玩。你还睡地上吗？我在树上叫醒你。"

楚疏言将她放在床上，看着她的睡颜，忽然，泪盈于睫。

锁锁，锁锁，你的家很快就会遭逢劫难，你要颠沛流离，你要尝尽种种辛苦，而我，还有十五年，才能和你相遇。

请你，等我。

二十二

刺眼白光过去，沈锁锁发现面前还是一道石墙，手里依然是石环。

一切，仿佛只是瞬息间的一场梦。

"楚疏言！"

她大叫。

"我在。"这一次，有声音传来，"拉动石环，你就可以出来。"

石环拉开了，墙壁轧轧作响，外面天光涌入，明亮，却不刺眼，空气中有股淡淡的药香，一道人影站在阳光下，衣衫轻拂，面带微笑。

楚疏言。

眼泪一下子涌上来，沈锁锁不顾一切奔向他，扑进他怀里，哇哇大哭："我以为我再也见不到你了！"

"好了，好了，"楚疏言也微微哽咽，轻轻拍着她的背，"告诉我，你拉的是左边还是右边？"

“左边！”沈锁锁瞪着眼睛，近乎是痛恨地道，“你以为我听不出来你想干什么？楚疏言，你是个大浑蛋！”

楚疏言叹了口气：“锁锁，你是天赐福将，这次多亏了你。”

古阵机关精奥非常，每一道关口他都是殚精竭虑，到了最后一关，他已经知道自己的能力无法算出两全之策，两个人当中，他只能选择一个人。

他选了沈锁锁。

而沈锁锁选了他。

冥冥中，同时拉动左环，却刚好破解了机关。

两个人劫后余生，紧紧抱在一起不愿松开，沈锁锁道：“你知道吗？就在刚才，我好像做了一个梦，我梦到了——”

“是不是我？”

“你怎么知道？”

楚疏言笑而不答：“几岁的我？”

“十岁。但是看起来只有八九岁，书呆子原来你小时候这么矮！”

楚疏言忍着笑：“你小时候倒挺胖，手肉嘟嘟的，还有五个窝儿。”

“啊啊啊，你也梦到了我？这到底是怎么回事？”

楚疏言正要回答，边上忽然有人经过，白衣蓝袍，背上背着药篓，似是药王谷弟子的打扮。看着搂搂抱抱的两人，那弟子愣了愣，然后露出了头痛的表情：“不是吧？又来？”

二十三

药王谷是武林四大秘境之一，楚疏言怎么也没想到，会以这种方式来药王谷。

阿洛那处山谷的石门，竟然接通着药王谷禁地的石门！

药王谷弟子有一阵没一阵就发现禁地前会冒出可疑人物，开始还怀疑他们是试图闯禁地，一问之下，才发现全是从阿洛来的，来的全是一对对，全都声称拜神。结果神显了灵，把他们从阿洛送到了千里之外的药王谷。

药王谷的主事大师兄央落雪不在，弟子们完全不知道拿这些人怎么办才好，只有在谷中另辟一块地方，搭建了好些竹屋，先让他们住下。

楚疏言和沈锁锁也被带了过来，还分到一间竹屋，边上一对显然也是才来不久，叽叽呱呱在聊梦里的事情："阿福你好惨啊，居然被狗追！"

"嘿嘿，也不知道是谁哭着要糖吃，能哭两条街。"

沈锁锁和楚疏言互相看了一眼，敲了敲墙壁："阿福？小春？"

那边的声音立刻停了，不一会儿，房门被打开，一对年轻男女跳了进来，身上还是边民打扮，一脸惊奇："你们认得我们？"

沈锁锁比他们还要惊奇："你们是怎么出来的？"

阿福道："就……走出来的啊。"

"机关呢？"

阿福和小春一脸蒙："什么机关？机关是什么？"

"就……不是有石墙吗？墙上有东西，呃，缝啊，突出来的地方啊，石环啊什么的……"沈锁锁吃力地解释。

"哦，那个啊，我俩选一样的扳，就一路到这儿了。"

沈锁锁睁大了眼睛："选、选一样的扳？"

“就顺便选个缝啊，环的，在神明面前，一定要同心同意，这样神明才会保佑我们哪。是吧！”两人说着，互相交换一个甜蜜的眼神。

沈锁锁觉得，这个时候她应该善良一点儿，不应该去看楚疏言的表情，或者，她应该出去笑完了再回来。

可是，她实在忍不住。

“哈哈哈哈！”沈锁锁爆发出一阵大笑，笑得喘不过气来。

楚疏言动用了一身所学、全部智慧、所有心血才破解的机关，她几乎以为自己会死在里面的机关，居然，只要随便扳扳就可以走出来！

她一面笑，一面安慰他：“光是硬算，也能破除机关，书呆子，你已经很厉害了。”

楚疏言自己也失笑，摇摇头：“大道至简，原来如此。”然后问两人：“你们打算怎么办？”

阿福道：“我们本来想从门里走回去，这里的人说什么也不让我们进。不过清公子也说，这是仙法，来得，去不得，他说，过两天他就安排人送我们回阿洛。”

“清公子？”沈锁锁失声。

“对，他说他姓清，名和。比我们早来几天。”

二十四

沈锁锁觉得自己完全是在做梦。

她推开阿洛的一扇石门，来到了药王谷，然后在药王谷，看到了清和。

清和在跟一位老者下棋。老者头发胡子老长，也不梳理，全都打结了，身上的衣服比百衲衣还像百衲衣，随便挠了个痒痒，衣服上又多了个破洞。

清和见了两人，好像并不意外，点点头示意他们等下完棋。

一局棋要多久？沈锁锁有点儿等不住，楚疏言拉了拉她的袖子，示意她看棋盘。沈锁锁棋力并不高明，这老者却更不高明，三下五除二，就被清和赶尽杀绝，老者气得嗷嗷叫："再来一局，再来一局！"

清和微笑，递上一本棋谱："今日就到此了。云老，棋局中变化万千，是不是不比阵法逊色呢？"

"这个有点儿意思，有点儿意思。" 老者喜笑颜开地接过，当场就摆起局来，立刻进入无人之境。

这边清和才回过头来，笑道："怎么找到这儿了？"

"你还说！"沈锁锁简直气不打一处来，"为了找你，我们从安郡跑到京城，又从京城跑到阿洛，现在又从阿洛到了这里！"

清和点点头："原来你们也经过了心听之阵。"

"心听之阵？"沈锁锁吃了一惊，那不就是……

"不错，那就是蓝子槐父亲到死也没有找到的心听之阵。"楚疏言道。

沈锁锁更吃惊了："心听之阵，逆转时空，是真的吗？"

"对，"楚疏言温柔地看着她，"那不是梦，你见到的我和我见到的你，都是真的。"

沈锁锁完全无法消化，捂着胸口，一屁股坐在竹凳上，良久，才想起问清和："你呢？你跟谁来的？"如果一个人无法破除机关，那与清和同行的是谁？

清和一指旁边的老者。

沈锁锁险些晕倒："你、你、你和他一起入阵，一起梦到……不是，看到彼此的曾经？"

清和知道自家妹子想太多了："入阵只是破除机关，你想见的那个人，和同行的那个人，没有关系。"说着，他顿了顿，"只不过，你们大多比较幸运，心中所想和身边同行的，是同一个人。"

楚疏言问道："他是谁？"

清和一笑："不妨猜猜。"

清和绝不可能像村夫愚妇一样靠神明过关，一定也经过了周密的布算，他最后一关是靠和锁锁心心相印的运气，清和却没有这种运气。

清和只有计算，绝对强悍的计算。

清和就算再聪明，短短一年时间也不可能厉害到这种程度，而这世上只有一个人能有这种境界。

楚疏言微微动容："修罗阵之主？"

"正是云逸飞云老。"

"你带着《蟠矶集》，正好遇到云老？"

清和摇头："我没有这样的好运气。我只不过找到了云老的下落，然后又借到了《蟠矶集》而已，推演阵图找出阵法所在，我还没有这样的本事，这全是云老的功劳。"

楚疏言叹了一口气，除了叹气还能说什么呢？清和这样的人，哪里需要运气？

"最后一个问题。"楚疏言道，"为什么我们会来到这儿？"

"据云老说，世间留存的古阵法，大都是仙人所设。仙法巧用无穷，他也几乎是穷尽所有心力才能走出来。而药王谷的禁地据说供奉着仙人，也许两者之间有某种渊源，那就不是我们能解释的了。”说着，清和微笑起来，“重要的是，你们一起走了过来，楚疏言，神明的考验你们都可以通过，我可以放心地把锁锁交给你了。”

沈锁锁微微红了脸，楚疏言含笑道：“谢……大哥。”

二十五

楚疏言和沈锁锁在第二天离开了药王谷。

清和要安顿竹屋里的阿洛百姓，还要再多停留两天，早上将两人送出谷，山风清凉，吹起他的发丝衣带，沈锁锁终于忍不住问：“哥，你看到她了吗？”

清和的神情轻轻顿了一下，眸子微微收缩，仿佛看不见的地方遭遇了极大的痛苦。沈锁锁忽然不敢听他的答案，翻身上马：“我走啦，哥，记住了，九月初三，扬风寨见！”

马蹄翻飞，奔向远方，她回头，远远地还可以看到清和站在后面，初升的太阳将他的影子拉得长长的，分外孤单。

二十六

过了八月十五之后，沈锁锁变得非常忙碌。

忙着收礼。

她终于知道了什么叫数钱数到手抽筋。

成亲的头一天，清和赶到了，还带来了蓝子槐的贺礼。

那是一只箱子，箱子很沉。里面虽不是金子，却和金子差不多。

是各式各样的、蓝子槐多年收藏的锁。金的、玉的、银的、镶宝石的、掐丝的……不是亲眼所见，谁也不知道一把锁上可以有这么多花样。

沈锁锁看了一把又一把，擦了一遍又一遍。

怎么说呢？楚疏言心里有一种不是太好的滋味，淡淡的酸，淡淡的苦。这滋味不陌生。

“看好了吗？”楚疏言浑若不在意地问，“要不要收起来？”

“收起来干吗呀——”

什么？不会他未来要在家里所有门上、箱子上看到这些锁吧？

沈锁锁接着道：“当然是卖掉啦，很值钱的！”

楚疏言点点头，微笑了。

贪财什么的，真的是很不错的习惯。

二十七

原本三位寨主各有住所，但楚疏言另辟了一块地方重盖了一座，里里外外被布置一新，莫行南在旁边大声嚷嚷他带着弟兄们开了多少地，架了多少房梁，弟子们纷纷起哄要红包，宾客满堂喝彩声不断，楚疏言不理他们，拜完堂就同沈锁锁入洞房。

当晚，沈锁锁才看到这座房子。

然后，就知道了楚疏言为什么对沈家旧宅的情况那么熟悉。

这是一座全新的沈家大宅，西院覆盖着大株的紫藤花，秋天了，无花无朵，可是枝干虬结，像蛟龙般盘绕扭曲，可以想象里面蕴藏着多么大的生命力，明年春天的时候可以开出多少花。

“还是小了一点儿，”楚疏言在她身边道，“几百年的紫藤，罕世难求，这是我所能找到的最大的一株了。”

沈锁锁眼里有丝泪光，嘴角却深深地翘了起来：“不要紧，它会长得更大的，我们住在这里慢慢变老，它就慢慢长大。”

“好，我们陪它一起长大。”楚疏言拥住她，“我们生一个女儿，开花的时候，让她爬树。”

沈锁锁笑了：“不，要生一个儿子，我可以陪他看书。”

“先生女儿。”

“先生儿子。”

“女儿。”

“儿子。”

……

晚风悠悠吹过，不知道最后是谁争赢了。

2018年1月
一醉江湖三十春，尽在《望星记》！
新武侠
新武侠作家
一两倾力打造
的古言力作
无数读者翘首以盼
扑朔离迷的身世之谜，
高深莫测的占星之法，
天边星宿，人间情长。
纵它风雨路途远，
江湖笑傲我红颜。
一两江湖之
望星记
一两 作品

一两江湖之
琵琶误
一两 作品
明月珰退到城头边，城底下战火连天。
“歌舒唱！”她用尽全力大喊，“你要不要我？”
她没有等到他的回答，凄然一笑。
翻身一跃，黑色衣襟像一只燕子。
有人魂飞魄散一声唤：“明月珰！”
歌舒唱打马上前，仰望着明月珰，张开手臂。
父亲，对不起。我爱她，我永远追不上你了……
一腔热血江湖梦，
尽在《琵琶误》！
〔随书附赠〕
精美古风琵琶书签
天猫

意林精品图书推荐

告白的书 系列

《那个神秘的宣愉小姐》
简介：心理分析小说，一次亲情伤痛造成的人格分裂，一场守护爱情的计划……
定价：32.80元

《对方正在输入中》
简介：你是否能从他涨红的脸颊看到他比阿尔卑斯山还强大的内心，让他的病只为你发作。
定价：29.80元

《你是年少的欢喜，喜欢的少年是你》
简介：古风作家吾玉打造都市清风之作，告诉你，如何学着去爱一个人。
定价：29.80元

《余生请对我好一点》
简介：时光回望，今日的纠葛，竟好似还了往日的债。
定价：32.80元

告白的书 系列

《比心》
简介：暗恋被冷酷拒绝，离开却突然收到女孩的短信，只有一行字，却让他笑了……
定价：32.80元

《从此晚安我自己》
简介：95后作家何家豪青春成人礼童话，将16个故事，说给长成大人的你！
定价：29.80元

《我不愿让你一个人走过青春的荒芜》
简介：写给你深情的告白书，15篇故事，有作者的亲身经历，也有勾勒的世间温暖。
定价：29.80元

《你是久爱，亦是心欢》
简介：青春与梦想，爱和守护的故事，孤冷少女与霸道阔少相爱相杀深情开演。
定价：32.80元

新武侠 系列

《胭脂将》
简介：魔幻江湖的纷乱，胭脂女将的传奇！
定价：32.80元

《一两江湖之望星记》
简介：古风作家一两打造全新江湖，一醉江湖三十春，尽在《望星记》！
定价：29.80元

《一两江湖之琵琶误》
简介：家仇国恨，爱上不该爱的敌国先锋，如何面对这生死纠缠的爱情？
定价：29.80元

《月光蒲苇①·夜阑时》
简介：阴谋、友情、爱情，上古四神的恩怨，今生能否化解？
定价：32.80元

心灵成长 系列

《世界的另一个你》
简介：18岁少女的奇幻冒险，唯美魔幻的童话世界，寻找世界的另一个你！
定价：32.80元

《绯色黎明》
简介：人类并不孤单，在黑暗种族的环伺下，被掩盖的真相等着你去探寻。
定价：32.80元

《这一杯，我敬的是年少无知》
简介：悬疑作家何慕精心打造的都市心理悬疑成长小说集。
定价：32.80元

《我的人生无须证明给你看》
简介：是选择梦想，还是安于现状？马叛用这些故事告诉你答案。
定价：32.80元

套装精选

多味之恋
简介：七彩青春，多味之恋，寻找身边错过的小美好。
定价：29.80元/册

十八而志
简介：十八岁之前的远大志向，决定了十八岁之后的梦想人生。
定价：29.80元/册

深夜暖心
简介：青春絮语，灯下最好的陪伴，马叛、张芸欣、冷亦蓝深夜暖心之作。
定价：29.80元/册

初心讲义
简介：初心故事讲给你听，拥有一个又一个的小温暖。
定价：29.80元/册

意林精品图书推荐

意林幻青春 系列

《我不成仙 一 断尘绝念》
简介：不想成仙却毅然修仙，她见愁只想有朝一日对那人说："纵你成仙，亦不可逃！"
定价：28.80元

《我不成仙 二 杀红小界》
简介：血衣作战袍，刻骨为利刃。她的通天坦途，便是他的穷途末路！
定价：28.80元

《我不成仙 三 流星赶月》
简介：敏锐与直觉，无一欠缺；缜密与果决，兼而有之。力敌群雄者，舍她其谁！
定价：28.80元

《我不成仙 四 鏖战空海》
简介：为成大道，葬痴情、斩尘缘者有之，可若寻仙问道是这般模样，她宁愿永不成仙！
定价：28.80元

《我不成仙 五 舍我其谁》
简介：见愁者，无限潜力，无限战力！斩断过去，分割今昔。她的世界，只有未来！
定价：28.80元

《禁域①墓地神婴》
简介：皇者重现世间，只为触底反击，再创传奇！踏破乾坤纵横时空，禁域绝密即将揭晓！
定价：28.80元

《禁域②宗门斗者》
简介：扶桑谷内迷雾重重，时间长河、神秘女子……时空彼端，究竟有着怎样的秘密？
定价：28.80元

《禁域③王者遗风》
简介：阳魄界，一个神奇的虚拟世界，浮生为赤钻来到这里，却发现了更惊人的秘密！
定价：28.80元

《符神传说①斩焰少年行》
简介：接通元灵符界，交易、对战、派单……现实与虚拟之间，体味什么叫酣畅淋漓！
定价：28.80元

《符神传说②东川起风云》
简介：逆转鬼煞岭、人蛮荒探迷城，跨越空间界限，开启度奇幻热血征程！
定价：28.80元

《符神传说③刀芒惊天下》
简介：巧进黑狱筑识海，烈焱龙雀惊天下。勇探天符浩土，领略异闻传奇！
定价：28.80元

《符神传说④地下悬赏令》
简介：识妖族斗南洲，符驱四方见奇谋。游历异界空间，探索奥妙人生！
定价：28.80元

《雪鹰领主1》
简介：我吃西红柿全新力作！少年骑士惊世崛起，铸就为人类荣誉而战的英雄传说！
定价：29.80元

《雪鹰领主2》
简介：圣级超凡，初露峥嵘，打造热血沸腾的传奇武侠世界！
定价：29.80元

《决战星座学院1》
简介：为00后读者量身定制的校园星座魔法书，超反转、超疯狂的校园大作战，开始！
定价：29.80元

《浮玉仙魔》（全一册）
简介：跨越六界的情仇离合，仙家养成，爆笑开演！看一代魔尊，如何搅翻浮玉仙山！
定价：29.80元

《倾世萌狐》（全三册）
简介：任他天道严酷，你始终是我无法断的"情"，难以绝的"爱"。
定价：29.80元

《我的画风不太对》（全二册）
简介：一不小心成了外星玩家的目标对象！千回百转的拼图游戏，谁是最终赢家？
定价：29.80元

《灵犀》（全二册）
简介：取《山海经》之精髓，谱一曲荡气回肠、龙狐相随的深情恋歌！
定价：29.80元

《仙萌奇缘》（全二册）
简介：迷糊弟子"约架"冷傲少主，无厘头话本奇袭玄天剑宗，非正统仙侠大戏反转上演！
定价：29.80元